ラ・ピュセルかまえて、ショウ・ミー
ト♪」
鋼殻のレギオス
CHROME SHELLED REGIO
19 イニシエーション・ロ

ギターが攻撃的に駆ける
ピアノがなめらかな線を描くように、
それでいて激動的に流れていく
ベースとドラムのリズムが地を揺らす
「あまりうまくないが、
聞いてくれたまえ」

ZUELLNI
XVII

「あなたにはわからないのです。
この屈辱が」

鋼殻のレギオス19

イニシエーション・ログ

雨木シュウスケ

ファンタジア文庫

1850

口絵・本文イラスト　深遊

目次

時間

"レギオス"をめぐる事象と人物

"レギオス"に関わるさまざまな事象を時間軸に沿って図式化。イレギュラーが発生している部分もあるが、大局的な流れを紹介する。

歴史の流れ

レジェンド・オブ・レギオス

すべての始まりの物語

『鋼殻』よりも遥か昔の時代。人間以上の能力を手に入れた人々(異民)とその関係者たちは、それぞれの望みを果たすため敵対者と戦っていた。その結果として「自律型移動都市」のある世界が生まれ、この時代の戦いの因縁は後世にまで引き継がれることになる。

聖戦のレギオス

ミッシングリンクを結ぶ存在

特殊な事情によって生まれた存在「ディクセリオ」が体験する数奇な出来事の記録。時間を越え、さまざまな場所で活躍する彼だからこそ知り得る事実も多いため、前後の物語を参照すると新たな発見があるはずだ。特に最期のシーンは、後世にとって重要な意味を暗示している。

鋼殻のレギオス

交錯する運命の終着点

汚染物質や汚染獣の脅威と戦いながら必死に生きる人類。だが、その歴史に隠された「世界の真実」を知る者はごく一部だった。人間として当たり前に笑い、泣き、人生を謳歌するはずだった人々の前に過酷な運命が立ちはだかり、そして……。

シリーズの関係性

詳細なエピソード
間接的な関連

複数のシリーズで描かれている事件やキーワードをピックアップ。また、それに関係する人物も併記する。

活動し続けるナノセルロイドたち

ソーホ(イグナシス)
レヴァンティン
カリバーン
ドゥリンダナ
ハルペー

当初は人類の守護者だったナノセルロイド。だが、創造主のソーホがイグナシスとなった後は、ハルペー以外は人類の敵となる。

強欲都市ヴェルゼンハイム崩壊

アイレイン、サヤ
ディクセリオ、狼面衆

都市崩壊のその日、何が起きたのか。『レジェンド』ではアイレイン視点、『聖戦』ではディクセリオ視点という異なる切り口で事件が語られる。

「レギオス世界」誕生の経緯

アイレイン
サヤ
エルミ
イグナシス
ディクセリオ

人類をイグナシスから守るため、エルミとサヤは新しい亜空間に「世界」を作った。アイレインはそれを見守り存続させるために月に上る。

白炎都市メルニスクの過去と現在

ディクセリオ
ニルフィリア
リンテンス
ジャニス
デルボネ
ニーナ

ディクセリオはメルニスク崩壊時に居合わせた人物の1人。この事件で都市は廃墟となり、廃貴族と化した電子精霊は後にニーナと同化することになる。

イグナシスの出現と暗躍、そして……

ソーホ(イグナシス)
ニルフィリア
ディクセリオ

魂だけの存在だったイグナシスは、ソーホの肉体を乗っ取ることで現実世界に降臨。人類の消滅を画策するものの、ゼロ領域に閉じ込められ……!?

過去のツェルニ・第17小隊誕生

ディクセリオ
ニルフィリア
ニーナ
シャンテ
アルシェイラ
リンテンス
レイフォン

ディクセリオは学園都市ツェルニで学生として暮らし、仲間とともに新小隊を設立。幼いニーナたちと遭遇したり、彼と縁の深い人物を幻視するなど、時間を越えた体験を積み重ねていく。

空間

隔てられた2つの世界

〝レギオス〟に関わる物語は、異なる2つの空間を主な舞台としている。今一度その関係を整理し、ストーリーへの理解を深めよう。

レジェンド・オブ・レギオスの世界

滅びかけた地球と隣接する亜空間が舞台

人口増加に伴う諸問題を解決するため、人類は亜空間で生活する道を選んだ。だが、それは絶縁空間と異民化問題を生み、別な意味で存亡の危機を迎える結果に。やがて、イグナシスの計画によって人々の住む亜空間が破壊され、全人類は肉体を失うことになる。

↑ 数ある亜空間のうちの1つ

↓ 人間にとっては不可知の領域

聖戦／鋼殻のレギオスの世界

人類再生のために作られた特別な亜空間

エルミとサヤは、新しい亜空間の中に人類の居住地と肉体を作った。その器に旧人類の魂を入れることで人類再生を図ったのだ。これが「レギオス世界」であり、グレンダン王家など一部の人々はこの事実と血筋を伝え続けることで「やがて来る災厄」に備えている。

プロローグ

フェリは落ちていた。

錯覚《さっかく》だ。

それが気のせいだということはわかっている。自分がいまどんな状況《じょうきょう》にいるのか、それを忘れていないからだ。

いま、フェリは己《おのれ》の内部に侵入《しんにゅう》していた。脳内にある記《き》憶《おく》領域の片隅《かたすみ》に封《ふう》じられているデルボネの戦闘《せんとう》経験を開封《かいふう》するため、いまこうしている。

落下は続いている。

記憶領域というものに本来、感じるべき三次元的な感覚が存在するはずがない。それなら、どうして落ちているかのように感じるのか。それは自分の記憶領域を現実の世界に当てはめようとしているからだ。

「……ふう」

息を吐《は》く。

落下が止まり、フェリの足には地面の感覚があった。

自分という存在を固定させる基本、『床《ゆか》』ができた。

次は整理された記憶の中から目的のものを捜索《そうさく》するため、それらを象徴化《しょうちょうか》する作業に入る。

どれほどの時間が必要だったのか、まぶたを刺激《しげき》するなにかにフェリは目を開けた。

「こうなりましたか」

象徴化が起こるよう意識を集中させてはいたものの、実際にどういうものになるのかを制御《せいぎょ》しきることはフェリにはまだできなかった。

「初めてにしては上出来……ということにしておきましょう」

なので、完成したものはフェリの無意識が反映されたことになる。

フェリの眼前にはレンガ調の建物があった。

図書館だ。

情報が保存され、そしていつでも閲覧《えつらん》ができる場所……

「我ながら単純な連想ですね」

だが、捻《ひね》ったところでどうなるものでもない。

フェリは図書館に足を踏《ふ》み入れた。

内部は受け付けがあり、テーブルスペースがあり、本棚《ほんだな》の並ぶスペースが広大に広がっていた。

端末機《たんまつき》が整然と並ぶフェリのよく知る図書館ではない。実物の本を置く、稀少《きしよう》図書館だ。

「意外にレトロな……しかしこれだと検索《けんさく》ができないのでは？」

実物の本ばかりが置かれた図書館も利用したことはある。だが、そのときに使った検索用の端末《たんまつ》を探してみたがみつからなかった。

「純粋《じゆんすい》な記憶の再現、というわけではないのですね」

だとすると、この膨大《ぼうだい》な本の中から自力で目的のものを探し出さなくてはならない、ということなのだろう。

「めんどうなことです」

嘆息《たんそく》しつつ、フェリは本棚の列の中へと向かっていく。

自分の記憶領域の中では念威《ねんい》は使えないのだろう。念威の手応《てごた》えはない。一冊一冊確認していくしかない。フェリは本棚に沿って歩き続けた。

本棚の列は一見、整然としているようでいて、わずかにずれていたり曲線を描《えが》くように配置されていた。

「まるで迷路ですね」

この並びにはなにか意味があるのだろうか？　考えながら進んでいくと、いつのまにか壁際《かべぎわ》の列を歩いていた。

　壁には大きなガラスが張られており、外からの緩《ゆる》い光が本棚にかかっている。

　フェリは足を止めた。

「……なぜ？」

　視線が固まる。

　窓からの光を受け止める本棚の端《はし》、高い場所のものを取るための足場に腰《こし》かけ、その人物はいた。

「デルボネ……さんですか？」

「あらあら、まさかすぐに言い当てられるとは思いませんでした」

　フェリの知っている声ではない。それは若く、張りのある声だ。

「直接会ったことはないですけど……」

　手にしていた本をたたみ、首を傾《かし》げてこちらを見ている女性は若い。銀色の髪《かみ》は長く、悪戯《いたずら》を思いついたような目に見られていると落ち着かない気分になってくる。

「でも、あなたのような人に実際に会った記憶もありません。それなら、あなたはデルボネさんです」

「短絡《たんらく》的ですが、しかし正解です」

「なにをしているのですか？」

「あなたの記憶を見せてもらっているのですよ」

「記憶？」

「ええ、たとえば、こんな記憶……」

「それは……」

デルボネの持っていた本の背表紙を見て、フェリは眉《まゆ》を寄せた。

「あなたの学生生活は、とても楽しいもののようですね」

「……趣味《しゅみ》の悪い」

「ふふふふ……」

生活を覗《のぞ》き見《み》されたかのような不快感はある。

「気分が悪いかもしれませんが、少し付き合ってくださいませ、ね？」

「どういうことです？」

思わせぶりな言葉に、フェリは問う。

だが、デルボネは答えない。

フェリは彼女の手にした本がタイトルを変えていくのを、苦々しく見守った。

ラン・ジェリー・ラン

その夜。メイシェンは一つのミスをした。

「あああああ、もう……」

いくつかの不運が重なったためではある。バイト先である喫茶店《きっさてん》を団体客が貸切にし、閉店間際《まぎわ》まで忙《いそが》しかったこと。学校での課題の期限が明日だということ。

バイトから帰った時には頭には課題のことしかなかった。下準備はすでに終わっているので後は清書だけという状態だったのは、彼女の性格ゆえに当然のことだが、同じ課題で苦しむミィフィを放《ほう》っておくことができないのもまた彼女の性格ゆえだった。

ナルキは都市警察のバイトで今夜はいない、というのも不運の一つだろう。

いつの間にか眠《ねむ》っていた。ミィフィの課題が終わり、疲労《ひろう》と安堵《あんど》が一気に睡魔《すいま》へと変わったためだった。ミィフィの部屋で二人とも眠ってしまった。

起きたのは雨音のせいだ。

自律型移動都市《レギオス》内にはめったに雨は降らない。弱い雨ならばエアフィルターが弾《はじ》いてしまうからだ。

そしていま、雨は都市内部に降り注いでいる。

それはつまり、フィルターを突《つ》き破るほどの豪雨《ごうう》が都市を叩《たた》いているということだ。

「あああああ……」

雨の音に目を覚ましたメイシェンは慌《あわ》ててベランダに出た。洗濯物《せんたくもの》を干したままだったのだ。いつもなら帰ってすぐに取り込んでいたはずだが、課題のことで頭がいっぱいになっていて忘れてしまっていた。

これが不運なのか、あるいは不運を未然に回避《かいひ》することのできた幸運なのか……それは意見の分かれるところだろう。

それによってメイシェンは被害《ひがい》をある程度軽減することができた。

しかし、見てしまうことになる。

「……え？」

窓を開け、ベランダに飛び出したメイシェンはそれを見た。

それと目を合わせることになってしまった。

洗濯物を吊《つ》るした竿《さお》。それを支える台の上に立つ、奇妙《きみよう》な姿を。

激しい雨が作る暗闇《くらやみ》の中で、それは室内からの光を受けて、炯々《けいけい》たる眼光を放ちメイシエンを見つめていた。

った。

「ひっ、や…………」

息を呑《の》んだメイシェンを前に、それはすばやい身のこなしでベランダから跳《と》び去っていった。

メイシェンの喉《のど》から悲鳴が吹《ふ》き出したのは、次の瞬間《しゅんかん》のことだった。

†

「下着泥棒《どろぼう》？」

その単語にレイフォンは首を傾《かし》げた。

聞いたことはあっても実際にその存在を見たことがない。それが下着泥棒だった。もちろん、犯罪者とあえて仲良くなりたいと思っているわけではないので、見たことがないのは当然ではあるし、他の種類の泥棒とも顔見知りなわけでもないのだが。

いろんな泥棒がいる中で、レイフォン的に一番ありえないと思うのが下着泥棒だったということだ。

「そうだ」

ナルキがひどく真剣《しんけん》な顔で頷《うなず》いた。その背後ではメイシェンがいつもよりもより小さくなって彼女の制服の袖《そで》を掴《つか》んでいる。

とても怯《おび》えた顔をしていた。

早朝の教室にはまだ生徒が集まりきっていなかった。あちこちで小集団ができて会話に花が咲《さ》いている。

窓から射《さ》し込む陽《ひ》はかなり強い。すでに教室内には空調が利《き》いていて、登校中にあふれ出した汗《あせ》を冷やしている。このまま気温が上昇《じょうしょう》するようなら、勉学意欲の低下を理由にした長期休暇《きゅうか》となる。今年は武芸大会中ということもあり、その決定は早くなるだろうともっぱらの噂《うわさ》だ。

もちろん休暇中には自主学習という名の大量の課題が待っているという噂もセットになっているのだが。

この暑さでブレザーを着る者はいない。半袖シャツのメイシェンは昨夜の恐怖《きょうふ》が抜《ぬ》けないのか、寒そうにしている。

「それで、メイシェンはなにもされなかった？」

「う、うん」

「そう。よかった」

レイフォンはひとまずほっと息を吐《つ》いた。

「実を言うと、最近あちこちから被害報告が届いていたんだ」

ナルキが声を潜《ひそ》めた。

「だが、それほど大きな被害でもなかったし、当人たちももしかしたらなにかの間違《まちが》いかもしれないと思っている節があると被害届には書かれていた」

「どういうこと？」

ナルキの言っている意味が理解できない。被害届を出しながら、でも気のせいかもしれないと被害者は思っている。

「犯人は、あえて少量を盗《ぬす》むことで被害者にもしかしたら風に飛ばされただけかもと思わせていたらしい。厳選した物のみをな」

「まったく、ふざけてるわよね」

メイシェンの隣《となり》にいたミィフィが怒《いか》りを吐き出した。

こういう時、一番状《じようきよう》況を楽しみそうなミィフィまで怒《おこ》っている。下着泥棒というのはそれほどに女性に嫌われている存在のようだ。

「とにかく、そいつを逮捕《たいほ》するために夜間警備を強化することにしたんだ。それで、レイフォンにもぜひとも協力してほしい」

「あ、うん。いいよ」

ナルキの頼《たの》み方にも熱が入っている。きっと、親友のメイシェンが恐《おそ》ろしい目にあったことに本気で腹を立てているに違いない。

友情っていいな〜と、レイフォンは思った。

†

その夜から、さっそくレイフォンはナルキに付き合って夜間の警備に回ることになった。といってもいつ、どこに犯人が現れるかわからない。フォーメッドからは普段《ふだん》のバイトまで休む必要はないと言われたので、機関部清掃《せいそう》がある時はそれが始まるまでということになった。

「まったく、課長はわかっていない」

ナルキはそう呟《つぶや》きながら静かな夜を歩いていた。地面に八つ当たりをするような歩き方は、気配を殺すつもりがまるでない。

これでは、犯人がすぐ近くにいたら逃《に》げ出してしまうことだろう。

しかし、それを注意するタイミングを見つけられず、レイフォンは苦い笑《え》みを浮《う》かべて後ろを付いていくしかなかった。

「女性の下着を盗むような卑劣漢《ひれっかん》だぞ？　全署員を導入してでも即刻捕《そっこくつか》まえるべきだと思わないか？」

「あ、う、うん。そうかもしれないね」

今夜は機関部清掃のバイトがあるので、レイフォンはすでに作業着に着替《きが》えていた。暑いので上着の部分は脱《ぬ》ぎ、腰《こし》に巻く感じで留めている。錬金鋼《ダイト》は作業着のズボンに突っ込んでいた。これで一度、寮《りょう》に戻《もど》るという手間は省ける。

レイフォンたちは居住地区を中心に歩き回っていた。居住地区はツェルニの各地にあるが、犯人は地区を特定して犯行を行っているわけではない。

「とにかく、まだ被害届が出ていない地区を重点的に調べてみよう」

ナルキの提案でレイフォンの寮がある地区を歩いていた。

第一男子寮という巨大施設《きょだいしせつ》がある分、女性の居住人口は少ない。だが、寮から離《はな》れれば男女を分けていないマンションやアパートもある。

都市警のバッジをつけたナルキが殺気立って歩いているのだ。夜遊びをしていた生徒たちはその姿を見るだけでこそこそと逃げ出していった。

その後ろにいるレイフォンは、自分が交番まで補導されているように見られている気がしてきて、妙ないたたまれなさを感じてしまった。

「ねぇ、ナッキ」

「なんだ？」

周囲に目をやりながら歩くナルキに、レイフォンは声をかけた。

「メイが見た犯人って、どんな外見だったの？」

そういえば、とても大事なことを聞き逃《のが》していた。

「言ってなかったか？」

「うん」

「そうか？　そうだったか？」

少し気分が切り替わったか？　しかしこちらに目を向けることなくナルキは話した。

「昨日はいきなりの大雨で視界も悪かったからな。よくは見てないらしい」

「ああ、そうなんだ」

そういえば雨が降った。その時間は機関部清掃をしていて地下にいたのだが、冷却水《れいきゃくすい》用の貯水池が溢《あふ》れないよう水量を調整するのを手伝わされたから、よく覚えている。

「だが、かなりの小柄《こがら》だ。それに一瞬《いっしゅん》でベランダから跳んで逃げたというんだから一般人《いっぱんじん》ではないな。武芸者だ」

「はぁ……」

武芸者が、わざわざ下着泥棒？

考えられないことではない。むしろ簡単にできる。

だとしたら、なんという才能の無駄遣《むだづか》いだろうと、レイフォンは呆《あき》れた。

「それにしても、なんで下着なんて盗むんだろうね？」

「そんなことは犯人に聞いてくれ。変態の考えなんてわかるわけがない」

吐き捨てたナルキが一点に目を向けた。

ちょうど、曲がり角から誰《だれ》かが出てきた。

「あ……フェ……先輩《せんぱい》」

ビニール袋《ぶくろ》を手にしたフェリだった。いつもの調子で言いかけて慌てて言い直すと、彼女は不機嫌《ふきげん》な瞳《ひとみ》でレイフォンを睨《にら》んだ。

「なにをしているんですか？」

「見回りです。そちらは？」

「見てのとおりですが？」

少し上げたビニール袋には近くにある店の名前がプリントされてある。中身は雑誌とジュースのようだった。

「暇《ひま》つぶしに買い物に出ていたんです」

「そうですか。いま、見回り中なんですが怪《あや》しげな人物は見ませんでしたか？」

「さあ」

ナルキの質問に、フェリは小首を傾げただけだった。

「なにか、事件なのですか？」

「ええ。女性の敵が出没《しゅつぼつ》しているようなので」

「？　そうですか」

フェリはよくわかっていないようだったが、そのままレイフォンたちの横を通り抜けていった。

「教えなくてよかったの？」

その背を見送り、彼女がマンションの方へ消えていったのを確かめてから尋《たず》ねた。

「ああ。おそらくだが、フェリ先輩には危害は及《およ》ばない」

ナルキの妙《みょう》に確信的な発言にレイフォンはさきほどのフェリと同じように首を傾げた。

時計を確認《かくにん》すると、もう機関部清掃に行かないといけない時間だった。

ナルキに別れを告げ、レイフォンはいつもの入り口に向かって歩き出した。

ややあって、それは聞こえてきた。

激しい電子音。

そして悲鳴だ。

ほんのかすかなものだった。ナルキに付き合って見回りをしている間、活剄《かっけい》で聴覚《ちょうかく》を上げていたその余韻《よいん》が拾った音であり声だ。

レイフォンは、すぐにその方角に向けて走った。

そこは、さきほど別れたフェリの住むマンションだった。


フェリのマンションには一階部分に居住者専用のランドリーがある。それぞれの部屋にも洗濯機《せんたくき》を置くことはできるのだが、乾燥機《かんそうき》のみを使用する人々も多いそうだ。

事情聴取《ちょうしゅ》をした時に、フェリが教えてくれたことだ。

防犯ベルが鳴り響《ひび》く中、途中《とちゅう》でナルキと合流したレイフォンはその場へと辿《たど》り着いた。

普段レイフォンが使用している寮のランドリーとはまるで別物のような清潔感が漂《ただよ》うその場所は、さまざまな色がちりばめられていた。

床《ゆか》中に、ランドリーの中に収まっていた服や下着やタオルが散乱していた。通路の入り口に悲鳴を上げた本人らしい女性とフェリが立ち尽《つ》くしている。音を聞きつけて居住者たちも様子を見にやって来て、狭《せま》い通路はすぐにいっぱいになった。

ランドリーの外壁《がいへき》部分には大きなガラスが張ってある。それが破られ、ガラスの破片が散らかった洗濯物の隙間《すきま》で照明を撥《は》ね返していた。

レイフォンとナルキは割れたガラス窓から慎重《しんちょう》に中に入った。ナルキが都市警察である

ことを告げると、悲鳴を上げた女性が安堵《あんど》の息を零《こぼ》すのがわかった。

「音がして来てみたら、こんなになってて、なにかいたんだけど、すぐにそこから飛び出していったわ」

「フェリ先輩」

ナルキが声をかける。フェリはその意図を理解し、その上で首を振《ふ》った。

「錬金鋼《ダイト》がありません。いまからでは追っても無意味です」

フェリが部屋まで戻り錬金鋼《ダイト》を取り、その上で捜索《そうさく》する。

こんな手順を取っていたのではさすがに無理だ。武芸者だけではなく、一般人だったとしても見つけ出すのは難しいだろう。

「それに、わたしは見ていませんし、これという手がかりもないのでは、探しようがありません」

フェリの言葉にナルキは悔《くや》しそうに顔を歪《ゆが》めたが、すぐに気を取り直して必要な手順を取った。

都市警察からの応援《おうえん》はすぐにやってきた。

防犯ベルが鳴り響いていたのだ。ナルキが辿り着く前からすでに近隣《きんりん》の署に連絡《れんらく》が届いている。

やってきたのは警報を確認するための警邏《けいら》の二人だったが、それが大人数に変わるのにたいした時間は必要としなかった。

警官に現状維持《いじ》を命じられると悲鳴を上げた女性とフェリはあからさまに不満を顔に出した。なにしろ床に散乱しているのはただの布切れではない。一気に零下《れいか》の世界に視線の温度を下げたフェリは、なぜかレイフォンを睨んだ。

「僕は関係ないですよ」

「なんとかしなさい」

「無理ですって」

「…………」

無言の圧力に負けてレイフォンはナルキに頼み、ナルキを通してやってきた警官に相談をした。なにしろ床に散らばっているものの中には下着類もあるのだ。同じ女性であるナルキは納得《なっとく》してくれたのだろう。説得には熱がこもっており、その結果、盗《ぬす》まれたものがあるかどうかをまず本人に確認してもらうことになった。

ランドリーを使っていたのはこの二人だけだった。

「フェリ……先輩。どれだけ溜《た》め込んでるんですか？」

「うるさい黙《だま》れ女性の洗濯物をじろじろ見るな、このスケベ」

フェリらしい静かな口調でフェリらしからぬ暴言が飛び出してくる。

床に散乱していた洗濯物のほとんどがフェリのものだった。量にして紙袋三つ分。

これだけの量を洗濯しようと思うなら、確かにランドリーを利用しなくてはいけないだろう。

「こまめにした方が楽ですよ」

とアドバイスしてみたがフェリはそっぽを向いて聞いてない振りをした。

「なにかなくなったものはありましたか?」

「いえ……」

「ないっ!」

ナルキの質問にフェリが首を振る。その時、もう一人の女性がまた悲鳴を上げた。その女性もフェリと同じぐらいに洗濯物を溜め込んでいた。紙袋で二つくらい。だが、集め終えた女性は青白い顔をしてなにも残っていない床を眺《なが》めている。

「なにがないんですか?」

ナルキが尋ねる。その声にはすでに予感があるようにレイフォンには思えた。

「ブラが……」

女性がそう呟《つぶや》く。

ナルキは天を仰《あお》いだ。その手が強く握《にぎ》り締《し》められる。

女性のブラジャーがことごとく盗まれていた。

†

犯人はブラジャーだけを専門に盗む変態。

レイフォンにとっては更《さら》なる混沌《こんとん》だった。ブラジャー？　盗んでどうするの？　まるで理解できない。人間の趣味嗜好《しゅみしこう》というのは本当に摩訶不思議《まかふしぎ》だなぁと、思わず遠くを見たくなった。

「許せません」

翌日の放課後。練武館でフェリはそう言った。武芸大会に向けた全体練習の後だ。自主練習に顔を出すはずのないシャーニッドは当たり前のようにいない。第十七小隊専用の空間には、レイフォンとフェリの他《ほか》には、ニーナとダルシェナだけだった。ナルキは都市警察の方に行っている。彼女も異様な熱意で捜査《そうさ》を行っているようだった。

「下着泥棒《どろぼう》か。たしかに女性の敵だな」

話を聞いたニーナが頷《うなず》いた。

「シャーニッドの奴《やつ》ではないのか？　うむ、なんならいまから成敗しにいくか」

意気揚々《ようよう》と突撃槍《とつげきやり》を振り回すダルシェナに、それはただシャーニッドを殴《なぐ》りたいだけではないのだろうかとレイフォンは思ったが言わない。言う暇もなくフェリが口を挟《はさ》んだからだ。

「あなたは、冗談《じょうだん》では済みませんよ」

「なんだって？」

フェリの言葉にダルシェナは怪訝《けげん》な顔をした。

「そして、あなたにはわからないのです。この屈辱《くつじょく》が」

そう呟くと、フェリは黙り込んだ。唇《くちびる》を噛《か》んでいるようだった。

なんだろう？　三人で顔を見合わせた。フェリが静かに怒《おこ》っている理由がまるでわからない。

フェリは盗まれなかったのだ。それなら幸運に感謝するなり、もう少し冷静な判断をしていたりしそうだ。それが普段《ふだん》のフェリであるはずだ。だというのにそうではないということが、やはりレイフォンにはわからない。

そういえば、被害《ひがい》にあったのはメイシェンなのに、ナルキやミィフィの方がはっきりと怒っていた。三人は同じ故郷からの親友だし、メイシェンはああいう性格だから怒るよりも怖《こわ》がっていたとしてもぜんぜんおかしくなかったのだが、フェリまでこうなっているということは、そこになにか謎《なぞ》があるように思えた。

「あの、どうして怒ってるんですか？」

素直《すなお》に尋ねたら睨《にら》まれた。

「とにかく、可及的《かきゅう》速《すみ》やかに件《くだん》の犯人を捕《つか》まえなくてはなりません。そしてその罪にふさわしい罰《ばつ》を与《あた》えることこそがわたしたちのやるべきことです」

「わたしたちって……フェリ先輩《せんぱい》も手伝ってくれるんですか？」

念威繰者《ねんいそうしゃ》であるフェリが協力を申し出てくれるのはありがたいことだ。

だが、フェリは首を振った。

「わたしだけではありません。隊長たちもです」

フェリの言葉に、聞き手に回っていたニーナたちが驚《おどろ》いた顔をした。

「なんだと？」

「わたしたちもか？」

「当たり前です。女の敵です。なにを言ってるんですか？」

フェリの口調には、当たり前だが冗談がなかった。


そして夜は続く。

ナルキとニーナが並んで歩き、その後ろにレイフォンがいた。フェリは自分のマンションから念威端子《たんし》を展開している。いまも、数枚の花弁《はなびら》に似た端子が周囲を漂っていた。なんでこんなに……ともう口にしない。しても無駄《むだ》だからだ。

あれから数日が過ぎた。フェリの念威と都市警察の捜索にもかかわらず、犯人は見つかっていない。

そしてその間にも犯行は続いていた。

やはり狙《ねら》われるのはブラジャーだけだ。

そしてその惨状《さんじょう》を見て、ニーナとダルシェナも理解した。レイフォンには理解できないなにかを理解した。

理解して、ダルシェナがなぜか脱落《だつらく》した。正直うらやましかったが、抜《ぬ》けると宣言したときの妙《みょう》に申し訳なさそうな顔が気になった。

「今日こそ捕まえる！」

ニーナの音頭でレイフォンを除いた全員が気炎《きえん》を上げた。フェリまでもが端子越《ご》しに声を上げている。

ありえない。普段なら絶対にありえない。

ついていけない。ついていけないがついていくしかない。

一度だけ、抜けようとした。昨日の話だ。ダルシェナが抜けたのだし、レイフォンよりもはっきりとやる気のあるニーナもいることだし。それにちょっと寝不足《ねぶそく》だしと思って提案してみたのだが。

「ほう……抜けたいだと？」

「へぇ。レイとんの友情なんてそんなものだったんだな」

「最低ですね」

「すいません、言ってみただけです」

三人の視線にあっという間に屈《くっ》してしまった。

ダルシェナが抜けると言ったときには誰《だれ》も反論はしなかったのに。

いや……

「ふん、やはりあなたもただのそちら側の人だったということなんですね」

と、フェリがなんだか理不尽《りふじん》くさい捨て台詞《ぜりふ》を吐《は》いていたような気がする。いつものダルシェナならそれに反論したような気がするが、その時はそんなこともなく、本当に申し訳なさそうに去っていった。

というより、なぜか他の二人はフェリの暴言を止めたり注意したりせず、むしろ賛同していたようだった。

本当に、レイフォンには理解不能だ。

いったい、なにがどうなっているのだろう？

そして今夜も、レイフォンは機関部清掃《せいそう》のために途中《とちゅう》で抜け出した。

そしてやはり犯行は繰《く》り返され、女性陣《じん》の怒《いか》りの咆哮《ほうこう》がツェルニの夜を駆《か》け巡《めぐ》ることになった。


「もう、なにがどうなってるのか」

次の日、レイフォンは教室でぐったりとしていた。相変わらず暑い。暑いが、昨日よりは少しマシだった。教室の噂話《うわさばなし》を聞いていると、どうやら平均気温が徐々《じょじょ》に下がってきているらしい。おかげでツェルニの夏季休暇《きゅうか》規定にひっかからず、長期休暇はお預けになるかもしれないという話だ。

不満の声が教室でぶーぶーと鳴り響《ひび》いている。

そんな中でメイシェンがやってきて、レイフォンの机にジュースを置いてくれた。

「ごめんね」

「いや、メイが悪いわけじゃないから」

わざわざ自販機《じはんき》まで買いに行ってくれたようだ。レイフォンはありがたく受け取り、紙コップのジュースを飲み、流れ込んできた氷を噛《か》み砕《くだ》いた。

「でも、はやく犯人が捕まらないとちょっと体がもたないかも」

体力的にではなく、精神的に。

下着泥棒というのがまず理解できないし、それに怒り、我を忘れてるっぽいナルキたちのことも理解できない。

「そういえば、ミィは？」

「えっと……聞き込みって言ってた」

夜の見回りに参加してないが、ミィフィも犯人逮捕《たいほ》に協力して、こうやって聞き込みに回っている。

授業時間中は都市の人口のほとんどがこの場所に集まるのが学園都市の特徴《とくちょう》だ。それを利用しているのだが、おかげで授業には遅刻《ちこく》しっぱなしだ。

「なんでナッキたちはあんなにすごいやる気なんだろう？　むしろ殺《や》る気な気がする」

女性の下着を盗《ぬす》むのだから女性の敵だという主張はわかるのだが、それにしても今回は極端に暴走気味だ。ニーナだけなら、彼女はとても極端な性格だからわかるような気がするのだが、最初にそうなったのはナルキだし、フェリまでもその仲間入りしている。

そして、どうしてダルシェナは去っていったのか。

「え……それは……」

レイフォンのほとんど独り言に近い呟《つぶや》きに、メイシェンが顔を真っ赤にした。

「メイは、わかる？」

「うっ……あの……ちょっと、わからない」

一目で嘘《うそ》とわかった。だけどメイシェンのその様子から教えてくれないだろうということもわかった。

それはおそらく、女性の間でだけ通用する常識のようなものらしい。だから、男のレイフォンにはわからないのだろう。

そしてメイシェンもなぜか、ダルシェナに似たとても申し訳なさそうな顔をしている。

それはレイフォンに向けてではなさそうだった。

やっぱり、わからない。

だけど、いいや。

「もう、今夜絶対に終わらせる」

レイフォンはそう決めた。

もう、こんなしんどい思いはたくさんだ。

†

レイフォンは生徒会棟《とう》の頂上にある尖塔《せんとう》にいた。

夜だ。

いつもならナルキたちについて夜の見回りをしている時間だが、レイフォンは問答無用で逃《に》げ出してこの場所にいた。彼女たちの勢いとか熱意とかを前にして説得したり説明したりする自信がなかったからだ。

片手で尖塔にある都市旗のポールを掴《つか》み、反対の手には青石錬金鋼《サファイアダイト》を握《にぎ》り締《し》める。

青色の剣身《けんしん》は夜に溶《と》け込むことなくその存在を主張し、その名の通りの色を周囲に滲《にじ》ませている。

「……時間は、あんまりない」

都市中にフェリの念威端子がばらまかれている。下着泥棒《どろぼう》を捕まえるためのものだが、それでレイフォンが見つけられてしまうのは時間の問題だろう。そうなればニーナやナルキがやってきて、またあの見回りに引きずり込まれてしまう。

そうなる前に、レイフォンが下着泥棒を捕まえるのだ。

とにかく、あの下着泥棒がいなくならなければレイフォンの心に平安は訪《おとず》れないのだ。

内力系活勁《かっけい》で聴覚《ちょうかく》を上げる。都市中の雑音が耳に飛び込んできて、レイフォンはすぐに頭が痛くなった。それを我慢《がまん》して音を拾い上げる。些細《ささい》な音までは聞き分けられないから、盗む直前の足音や動きまではわからないが、例えばマンションの時のようにランドリーのガラスを破るとかそういう大きな動きがあればすぐにわかる。いままでとは違《ちが》って、こちらはすでに臨戦態勢だ。悲鳴でも聞こえてこようものなら一《いっ》瞬《しゅん》でその場に駆けつけられる自信がある。

レイフォンは待った。耳を澄《す》まし、待ち続けた。

そして聞こえた。

「っ！」

悲鳴だ。

どこ？　……聞こえてきた方角に目を向け、視力を上げる。

いた。高層住宅の中ほどの階のベランダ。そこに立った女性が驚いた顔をしている。

女性の視線を追いかける。黒い影《かげ》。確かに小柄《こがら》。やけに手の影が長い。影を追ってその詳細《しょうさい》を確かめる前に、木々の陰《かげ》に隠《かく》れてしまった。

「逃がすものか」

内力系活剄の変化、水鏡渡《みかがみわた》り。

ZUELLNI
UNIVERSITY
THE MILITARY ARTS
SECTION

水面《みなも》に波紋《はもん》が走るような、わずかな余韻《よいん》だけを残してレイフォンが宙を駆ける。旋剄《せんけい》を動的移動とするなら、水鏡渡りは静的移動だ。その速度は旋剄を超《こ》え、広大な学園都市という空間を瞬《また》く間に跳躍《ちょうやく》し、そして音もなく着地した。

着地した先は高層住宅の前に広がっていた森林公園だ。湧水樹《ゆうすいじゅ》を中心とした公園は、肌《はだ》にまとわりつく湿気《しっけ》以外にはなんの気配もない。

犯人は……

「そこか」

まだいる。公園に茂《しげ》る木々の枝から枝へと飛び移りながら離《はな》れていく。

レイフォンはそれを追う。

だが、辿《たど》り着くよりも早く、それが予想外の行動を取った。

中心にある湧水樹を囲む池の中に飛び込んだのだ。

「え？」

水音がしなかった。

レイフォンが池を覗《のぞ》きこむと、縁《ふち》に増水防止の排水溝《はいすいこう》があった。本来あるはずの柵《さく》がない。犯人はこの中に逃げ込んだに違いない。

「くそぅ……」

レイフォンの体格でも入れないことはない。

どうするか……一瞬迷った末に、レイフォンは穴の中に体を潜《もぐ》り込ませた。

ぬるぬるしている。

溝《みぞ》のあちこちに苔《こけ》が生《は》え、それがともすれば足を滑《すべ》らせようとする。入ったばかりの時は四つん這《ば》いにならないとだめだったし、しかも斜《なな》めに傾斜《けいしゃ》していたものだから着ていた服はどろどろのずぶずぶになってしまった。しかも湧水樹の吐き出す温水だ。狭苦《せまくる》しい場所で暑苦しい湿気に包まれ、地下水路に辿り着いた時には汗《あせ》なのか湿気なのかわからない液体で体中が濡《ぬ》れてしまっていた。

入りこんだのは浄水《じょうすい》場へと繋《つな》がる地下水路のようだ。生活排水《はいすい》が流れ込む下水道でなくて良かったとレイフォンは心底ほっとした。ただでさえ活剄で感覚器官の精度を上げているのだ。ここで悪臭《あくしゅう》にまで襲《おそ》われたら、いままでの状況《じょうきょう》とあいまって人生について深く考え直したくなったかもしれない。

水路内もかなり蒸し暑いが、点検用の側道があるだけましだった。水路内には誘導灯《ゆうどうとう》の弱い明かりしかない。レイフォンは先を進む足音を逃《のが》すまいと耳に意識を集中し、跡《あと》を追った。

温水の流れる水路内でときおり小さな影が走り、誘導灯の光を鈍《にぶ》い銀色が撥《は》ね返す。こんな地下でも魚がいるようだ。レイフォンはそれに目をやりながら、足音から一定の距離《きょり》を取って付いていく。ここまできたら犯人のアジトも見つけ出してしまおうと考え直していた。

それに、どうも足音が気になる。音の殺し方や足の運び方が訓練された武芸者のそれではない。だというのに気配はとても探《さぐ》りにくい。足音も、靴《くつ》とも裸足《はだし》とも違う、あるいはその両方のような、奇妙《きみよう》で微《かす》かな音だった。

一気に間合いを詰《つ》めて捕《つか》まえてしまおうかと、何度も誘惑《ゆうわく》に駆られた。もしかしたらその方がいいのかもしれない。だが、盗まれたものを取り返すことも大事だと、その度《たび》に思い直した。

水路はやがて大きな池へと辿り着いた。他の湧水樹からの水が合流する場所だ。轟々《ごうごう》と音を立てて水を落とす用水池には小魚が群れをなして泳いでいた。ここから大きな用水路を通って浄水場へと流れ込んでいくのだろう。

足音は別の湧水樹に繋がる道を取った。

レイフォンもそれを追う。

足音は先へ先へと進み、やがて入った時と同じような細い排水溝に頭から入らなければ

Kanaris&Layfon

Text/ 雨木シュウスケ

届け物を頼まれてカナリスの執務室にやってきたレイフォンは、その写真を見た。

いまよりも若いバーメリンとそして見たことのない少女だった。

戦いの最中らしきその写真を撮ったのは、おそらくはデルボネに違いない。

「これって、カナリスさんですか？」

「よくわかりましたね。動きですか？」

女王から毒を抜いたような顔をしたカナリスが、にこりともせず聞き返してくる。

「ええ、まぁ」

「デルボネ様から渡されたので飾らないわけにもいかないというだけです。ところで、その荷物は誰から？」

「ええと、宅配業者の人に渡されたって言ってましたよ。重そうだったから僕が」

「重そう？」

実際、箱は重い。そして中からかすかにジャラジャラという音がしている。

たぶんだが、中身は鎖だろうとレイフォンは思っていた。どうして鎖？とも思うが、カナリスも結局は天剣授受者なんだろう。変人的な意味で、と一人納得していた。

そんなレイフォンの考えを知ってか知らずか、カナリスは顔をしかめるとレイフォンから箱をひったくり叫んだ。

「ちょっとデルボネ様、バーメリンと繋げていただけませんか？」

デルボネの念威端子がどこにでもあるのもいまさらな話。

「ちょっとバーメリン、どういうつもりですか？　私はこういうものは着ないと言ったはずです」

端子越しにバーメリンと口げんかが始まった。が、レイフォンはそれに関わるつもりもなく、そそくさと彼女の執務室から逃げ出すのだった。

LOST EPISODE
from Glendan

ならなくなった。またもズボンと腕《うで》が温水に濡れる。排水溝に根を張る苔の感触《かんしょく》が森林公園のものと違った。もっと厚みのある、しっかりとした苔だ。

出口はやはりごみ取りの柵が外されている。

出たそこは、森林公園などとは比べ物にならないほどの深い森だった。

「養殖科《ようしょく》の敷地《しきち》？」

以前にクフの世話をした森に雰囲気《ふんいき》がよく似ている。森の感触を確かめている内に、レイフォンは足音が消えていることに気付いた。

「しまった」

慌《あわ》てて意識を集中するが、足音は森の中に放された家畜《かちく》たちの音に紛《まぎ》れ、わからない。

いや……

耳を澄ましていたレイフォンはこちらに近づく新たな足音に気付いた。

同時に、自分を取り囲もうとする小さな存在にも。

「嵌《は》められた」

緊張《きんちょう》が走る。

だが、それも違った。

小さなものは念威端子《ねんいたんし》。その形はレイフォンのよく知るものだった。

そして、近づいてくる足音がその正体を木々の隙間《すきま》から射《さ》す月光で晒《さら》す。

「隊長……それにナッキ？」

念威端子はフェリのものだ。

レイフォンを見て、ニーナもナルキも驚《おどろ》きを顔に浮《う》かべたのは一瞬で、その顔に険しいものが宿り、それは見る間に深いものに変わっていった。

嫌《いや》な予感がした。

とても嫌な予感だ。

「まさか……な。まさかそんなことがあるとは思わなかった」

ニーナが低い声でそう呟《つぶや》く。微かに頭《かぶり》を振《ふ》り、眉《まゆ》を顰《ひそ》めた。

だが、視線はレイフォンから離れない。

「いや、ちょっと待ってください。僕は……」

（おかしいとは思っていたのです。犯行は、必ずあなたがいなくなってから行われましたから）

耳元からの声はフェリだ。周囲をびっしりと念威端子が覆《おお》っている。

「それは偶然《ぐうぜん》です！」

レイフォンは悲鳴を上げる。嵌められた。本当に嵌められた。

まさか、追っていたレイフォンが犯人に仕立て上げられるとは。

「僕は犯人を追っていたんです！」

「あたしたちも追っていた」

（そして、この周囲にはあなたしかいない）

ナルキとフェリの無情な言葉に、背筋が寒くなる。どれだけ無罪を訴《うった》えようと通じはしない。そんな確信があった。ニーナにナルキにフェリ、三人の下着泥棒への怒《いか》りはなかなか捕まらない苛立《いらだ》ちと、レイフォンには理解できない謎《なぞ》の感情が足され、暴走していた。

感情を爆発《ばくはつ》させて怒りを解消させる場所を求めていた。

それが、レイフォンに定まってしまっていた。

逃げよう……。

そう思った時には端子の一つがいきなり発光し、そして左腕に鎖《くさり》が巻きついていた。

ナルキの取り縄《なわ》……捕縛縄《ほばくじよう》が隙《すき》を突《つ》いてレイフォンを捕《と》らえたのだ。

（無駄《むだ》です）

驚くレイフォンにフェリの淡々《たんたん》とした声が響《ひび》く。

（重層包囲しました。もはや、あなたの動きは神経パルス単位で把握《はあく》しています。……いくらあなたでも動きを先読みされた状態からでは逃げられない）

「えええええ〰〰〰」

フェリの本気の言葉に、レイフォンは脱力《だつりょく》と戦慄《せんりつ》が同時に襲ってくるという体験をした。

「そして……」

ナルキの声。同時に視界に火花が走った。

外力系衝剄《しょうけい》の化錬変化、紫電《しでん》。

電流に変化した衝剄がレイフォンの全身を襲う。すぐに衝剄で弾《はじ》き返したから痛みはそれほどではない。だが、一気に体が重くなった。衝剄を全身に浴びると、一時的に神経が混乱して身動きが取れなくなることがある。紫電は本来、敵を電撃《でんげき》によって昏倒《こんとう》させることを目的としているが、そうならなかったとしても電流による影響《えいきょう》が、衝剄を浴びた時と同じように作用する。

紫電の影響はすぐに抜《ぬ》けない。重くなった体に、レイフォンは膝《ひざ》をついた。

そこに、ニーナが一歩近づいてくる。

「貴様に、天誅《てんちゅう》を下す時が来た」

苛烈《かれつ》な、轟《とどろ》くような一声。

両手の鉄鞭《てつべん》にはすでに剄が走っている。

「冗談《じょうだん》じゃない！」

叫《さけ》び、レイフォンは跳《と》んだ。体が重い。思うとおりの速度も高さもない。

「逃《に》がすか！」

ニーナとナルキが追いかけてくる。

念威端子がすさまじい速度でレイフォンに取り付く。

爆雷《ばくらい》の輝《かがや》きがレイフォンを包み、圧した。

†

レイフォンと学校で別れた後、メイシェンは一人だった。ナルキはレイフォンとともに訓練に向かい、ミィフィは下着泥棒《どろぼう》事件の犯人を一人で追っている。見つけたら記事にしてやると言っていたが、そこには完全な私怨《しえん》が滾《たぎ》っていることがありありとわかった。なんでこんなことに……とため息が止まらない。盗《ぬす》まれたのはメイシェンなのだ。怒《おこ》るのも困るのも悲しむのも自分自身でなくてはならないはずなのだが、二人の怒りは親友という枠《わく》を超えて暴走が止まらない。そして二人の暴走を見ていると、自分の気持ちはどんどん冷めていき、そして申し訳なくなってくる。

「レイフォンも困ってるし、早く解決してほしいんだけど」

呟き、メイシェンは家に向かう停留所への道を途中《とちゅう》で折れ曲がった。今日は喫茶店《きっさてん》のバイトもない。途中で買い物をし、夕食の支度《したく》をしなければと思ったのだ。冷蔵庫の中身を思い出し、それほど大した買い物にはならないと思って学校に近いこの場所を選んだ。

「あら」

野菜を手に取って品定めしていると声がかかった。

「あ……」

振り返ると、同じように買い物かごを手にしたリーリンが手を振っていた。

「メイちゃんも買い物？」

「う、うん」

「なんだか、大変な目にあったみたいね」

隣《となり》に来たリーリンは、言いながら野菜の品定めを始めた。

「ニーナがなんだか妙《みょう》にはりきってて、ちょっとうるさいのよ」

世間話気分のリーリンにメイシェンは困った笑いを浮かべた。

それに、リーリンが首を傾《かし》げる。

「もしかして、まだ困ってるの？　まだ狙《ねら》われてるとか？」

「ううん。そういうわけじゃ、ないんだけど……」

メイシェンは言い淀《よど》んだ。言い淀み、考えた。

「メイちゃん？」

リーリンが心配そうに覗《のぞ》きこんでくる。メイシェンの視線は彼女のその部分を少し見、そして決意した。

「えと、この後、時間……ある？」

メイシェンとしては、同性を喫茶店に誘《さそ》うことでさえちょっとした勇気が必要であった。

「はっ、は〰〰〰」

リーリンのため息なんだか納得《なっとく》なんだかわからない声に、メイシェンは顔が真っ赤になった。

「あ〜、そうなんだぁ。ニーナって意外に気にしてるんだ」

「うっ、わかんないけど……」

なにかを考えるように視線をそらすリーリンを、メイシェンは上目遣《うわめづか》いで様子を窺《うかが》った。彼女なら大丈夫《だいじょうぶ》、そう思ったから話を聞いてもらったのだが、一体どういう反応を示すだろうか。

「……たしかに、シノーラ先輩《せんぱい》なら合格点間違《まちが》いなしだと思うけど」

メイシェンを見て、リーリンがよくわからないことを言う。

「え？」

「ああ、なんでもないの」

リーリンは首を振ると手を叩《たた》いて話を切り替《か》えた。

「とにかく、このままじゃだめなのよね。犯人が捕《つか》まってくれないとニーナがずっと不機《ふき》嫌《げん》なままだし、彼女のおかげで寮《りょう》の雰囲気が悪いのよね。ピリピリしてて……」

「うん……」

それはこちらも同じだ。ナルキもミィフィも殺気立っていて、メイシェンとしては毎日、汚染獣《おせんじゅう》が退治されるのを待つシェルター暮らしのような気分で過ごさなければならない。

はやく犯人が逮捕《たいほ》されてほしい。

そうすれば、目下の不満は解消されるに違いないのだから。

「だからってなにができるかって話なんだけど……」

リーリンが嘆息《たんそく》する。

そう。それもまた問題だ。犯人はレイフォンやニーナたちが毎夜巡回《じゅんかい》していても、犯行を止《や》めないどころか繰《く》り返すような輩《やから》なのだ。リーリンやメイシェンのような一般人《いっぱんじん》がしゃしゃり出て解決できるとはとても思えなかった。

「でも、捜査状況《そうさじょうきょう》を聞くぐらいならできるかも」

リーリンがそう言いだした。

「ほら、なにしろメイちゃんは被害者《ひがい》なわけだし」

その提案に乗ったというか、乗せられてしまったというか、喫茶店を出た時には二人の足は都市警察の本署に向けられていた。

一階の受付で要件を説明すると、そのまま上の階に行くように指示され、ほどなくフォーメッドが顔を出した。

「あれなら、そろそろ解決する」

意外にあっさりとフォーメッドはそう言った。

「え？」

驚くメイシェンたちにフォーメッドはなんとも複雑な顔をして紙コップのお茶を飲む。

「ナルキの騒《さわ》ぎすぎだ。それと、現場検証を怠《おこた》りすぎだな」

渋面《じゅうめん》のままのフォーメッドに、メイシェンとリーリンは顔を見合わせた。そうしている間に警官がやってきて、フォーメッドに耳打ちをする。

「あーやっぱりそういうことか」

渋面が複雑に変化した。笑ったようでもあったし、苦虫を噛《か》み潰《つぶ》したようでもあった。

「……時間がかかってもいいなら、犯人逮捕の瞬間《しゅんかん》を見るか？」

警官に指示を出して立ち上がったフォーメッドは、少し考えてから二人にそう提案した。

メイシェンはリーリンの反応を見てから頷《うなず》いた。

そして、一旦《いったん》、自分たちの部屋に戻《もど》ったメイシェンたちはフォーメッドに指定された時間になって再び本署に取って返し……

そしてこの場所にやってきた。

警官たちとともに緊急《きんきゅう》車両に乗り込む。初めて体験する都市を走る車両に、緊張《きんちょう》した面《おも》持《も》ちの二人が運ばれた先は、深い森の入り口だった。

「養殖科《ようしょくか》……ですか？」

月明かりの弱い夜に、森の深さは底なしのように思えた。

リーリンの問いにフォーメッドは頷く。警官たちが懐中電灯《かいちゅうでんとう》を使い、森の闇《やみ》を切り分け奥へと進んでいく。

踏《ふ》み固めた道にも枯《か》れ葉が敷《し》き詰《つ》められている。フォーメッドは慣れた様子で山道を進み、わかれ道で看板を確かめると警官たちに懐中電灯を回して無言の指示を飛ばした。

警官たちが山の中に散っていく。

「あの、一体なにが？」

どうして、下着泥棒を捕まえるのに養殖科の森に入らなければならないのだろう。

「じきにわかる」

暗い中で見るフォーメッドの横顔は、最初にあった時のような渋面のままに思えた。

「……厄介事《やっかいごと》が起きたら、まず錬金科と養殖科を疑え。都市警察のセオリーだ」

ぽつりとそう呟《つぶや》く。

「どちらも実験を行うからな。予想外のことが起きる場合もある」

小さな、空気の抜けるような音。激しく枝葉が擦《こす》れ、なにかが叫び、そして落ちる音がした。

「マンションのランドリーで、どうしてあいつはこれを見つけなかったのか。まったく、注意力不足だ」

甲高《かんだか》い抗議《こうぎ》の悲鳴が続く中で、フォーメッドは呟くと悲鳴の元へと歩いて行った。

警官の一人が撃《う》った投網銃《とあみじゆう》に捕まったそれを見て、メイシェンとリーリンは息を呑んだ。

「えっと……猿《さる》でしたっけ？」

リーリンが自信なさげに呟く。それは十歳ぐらいの子供ほどの大きさだった。手が異様に長く、足は短い。全身が硬《かた》そうな毛で覆《おお》われているのに、顔の部分だけは毛がなく赤い地肌《じはだ》が覗いていた。口が飛び出し、そこから尖《とが》った歯が並んでいるのが見える。

その手に、獣《けもの》には不似合いな白い物が握《にぎ》られていた。

ブラジャー。

「……え？」

二人の声が揃《そろ》った。

「養殖科の連中が人件費削減《さくげん》のために猿を使えないかと試《ため》したらしい。猿は知能が高いからな。仕込めばもしかしたらできるのかもしれん。試しにとゴウゴウ鶏《どり》の世話を任せてみたそうだ」

言いつつ、猿から慎重《しんちょう》にブラジャーを奪《うば》い取ったフォーメッドは、それを女性警官に渡《わた》すと、猿が目指していたらしい森の奥へと歩いていった。

追いかけると、すぐにそれが見えた。

森の一画が柵《さく》で覆われている。風が吹《ふ》いて、むっと漂《ただよ》って来たのは小さい時に見学したことのある養鶏場《ようけいじょう》の臭《にお》いだった。

「ゴウゴウ鶏はそれほど世話がいらん。基本は放し飼いだ。モモ肉がうまいのは知っているな？」

「ええ、まぁ」

「問題なのは巣だけだ。あのうまいモモ肉を作るためには運動が必要だ。だから奴《やつ》らの巣はあえて高い所に作らせ、跳《と》ばせることで鍛《きた》えさせる。普段《ふだん》ならサンダン豆の莢《さや》を利用するんだが……」

警官たちが一斉《いっせい》に懐中電灯の光を柵の向こうに飛ばした。鶏たちが突然《とつぜん》の明かりに鳴き声で抗議する。

闇を貫《つらぬ》く幾筋《いくすじ》もの光の中に、それは浮《う》かんでいた。

いや、吊《つ》るされていた。

ブラジャーだ。

大きなサイズのブラジャーが枝から枝へと張られた綱《つな》に幾つもぶら下げられている。普段ならば女性の胸が収まるべきカップ部分には草や枯れ葉が詰められ、やや小ぶりなゴウゴウ鶏たちが身を丸めて眠《ねむ》っていた。

「……サンダン豆の莢に、あれはよく似ているからな」

サンダン豆というのは一つの大きな莢に大量の豆を溜《た》めこみ、時期が来ると、風に吹かれただけで莢が弾《はじ》け、豆を周囲に散らす。

「サンダン豆は、今年から新種が採用されて作らなくなったからな」

「えーと、つまり……」

リーリンがこめかみを揉《も》むようにしながら呟いた。自分の考えをまとめているようだ。

「ゴウゴウ鶏の世話を実験的にこの猿に任せていて、それで鶏の巣になるサンダン豆が今年から生産されなくなって、それで猿は代わりを求めてここを抜《ぬ》けだしていたということに？」

「代わりのものは用意していたらしいがな。どうも気に入らなかったようだ」

フォーメッドは否定しなかった。

「ふうん」

リーリンは冷たく声を漏《も》らすと、メイシェンを見た。

メイシェンの胸を見た。

「鶏が入るんだ」

「は、入らないよ」

メイシェンは顔を真っ赤にして俯《うつむ》いた。

その時、遠くから森を圧する激しい光が湧《わ》きあがった。

†

「さあ、覚悟《かくご》しろ、レイフォン！　いや、色欲王!!」

「お前には騙《だま》された、いや、失望したぞ。そんな目であたしたちを見ていたんだな」

(最低です)

辛《から》くも念威爆雷《ねんいばくらい》の包囲から抜け出したレイフォンに、情け容赦《ようしゃ》のない罵倒《ばとう》とともに衝剄《しょうけい》と錬金鋼《ダイト》が襲《おそ》いかかる。

「無実だ！」

どれだけ叫《さけ》んでも、レイフォンの主張を聞いてくれる様子はない。

悲鳴を上げながら逃《に》げる。だが、念威の重層包囲そのものからは抜け出せていない。その上、紫電《しでん》とさきほどの爆雷のダメージがレイフォンの動きを鈍《にぶ》くさせている。訓練では見せたことのない完璧《かんぺき》な連携《れんけい》にレイフォンはじりじりと追い詰められていた。

養殖科の森を破壊《はかい》の嵐《あらし》となった三人に追いまくられて、レイフォンは逃げ続ける。

「僕はなにもしていない！」

レイフォンの悲痛な訴《うった》えは、夜に虚《むな》しく散らされた。

その逃亡劇《とうぼうげき》は、フォーメッドとリーリンによるダブル拡声器アタックが行われるまで続いたという。

ショウ・ミー・ハート

特になにもない退屈《たいくつ》な日だった。

ふあ……

と、自然に口が開きあくびが零《こぼ》れ出る。フェリは目の端《はし》に浮かぶ涙《なみだ》を拭《ぬぐ》うため、手に持った本から顔を上げた。

教室だ。午前の授業が終わり、午後の授業が始まるまでの休憩《きゅうけい》時間だった。

昼食にと買っておいたパンを食べれば、もうすることがない。

窓から射《さ》し込む陽《ひ》は暑い。だが、幾分《いくぶん》その勢いが弱まっているようだった。事実、気温そのものは緩《ゆる》やかな高下を繰《く》り返しつつ、徐々《じょじょ》に下がっている。このまま夏季帯が過ぎてしまうのではないかとクラスメートたちは不満を呟いている。

平均気温が上がらなければ長期休暇《きゅうか》もないし、養殖湖の遊泳区も開かれない。せっかく新しい水着を買ったのにと不満を零す女生徒に、ならプールに行けばいいとフェリは思った。

涼《すず》しい方が良いに決まっている。

陽射しは強いが、気温そのものはそれほどでもない。窓が開け放たれている。風がなければじっとりと汗《あせ》が浮かんでくるが、一吹《ひとふ》き風が流れていけば、それだけで教室にこもった熱は払《はら》われてしまう。

心地《ここち》のよい日だった。

このまま眠ってしまおうか……再び本に目をやりながら、どうにも文字を追いかけるのに億劫《おっくう》さを感じて、フェリはしおりを挟《はさ》んだ。

まさに、その時——

「やはり君しかいない!!」

いきなり、教室中に大声が響《ひび》き渡った。

眠りの世界に落ちようとしていたフェリは弾かれたように顔を上げ、イスから転げ落ちそうになった。

教壇《きょうだん》側のドアに声の主《ぬし》はいた。

教室中の視線を浴びるその男は、細くて汚《きたな》かった。

分厚いメガネは汚《よご》れているのかそれとも分厚さのためか、レンズの中がぼやけていて目がどうなっているのかわからない。シャツはよれよれで、髪《かみ》も寝癖《ねぐせ》がついたまま。無精髭《ぶしょうひげ》が顎《あご》をうっすらと支配している。

それなのに、生気が溢《あふ》れているかのように人の目を引く男でもあった。

男はどうやらフェリを見ているようだった。両腕《りょううで》を広げた恰好《かっこう》のまま、カサコソと奇妙《きみょう》な足音をさせ、くねるような腰《こし》つきで近づいてくる。

危険人物。そう思った。

錬金鋼《ダイト》を復元させるのに何のためらいもなかった。重晶錬金鋼《バーライトダイト》を飾《かざ》る、半透明《はんとうめい》な花弁《はなびら》たち……念威端子《たんし》が解け、散り、男を包囲する。

「それ以上近づけば……」

男は止まらなかった。

「ちが――――――うっ！」

それどころか、歓喜《かんき》を迸《ほとばし》らせていた口元を瞬時《しゅんじ》に厳しく引きしめ、彼はポケットから折り曲げられた紙を取り出し、広げ、フェリの眼前に押し付けた。

「君が持つべき武器は、これだ！」

その紙には絵が描《えが》かれていた。ざっと描かれただけの女の子が武器を構えている。その武器だけは恐《おそ》ろしく細密だった。

杖《つえ》だ。杖だろう、おそらく。女の子の身長を超《こ》えた長さで、杖の先端部分にはなにかゴテゴテとしたものが付き、翼《つばさ》のようなものが展開している。杖の石突《いしづ》き部分にも小さな羽根が飾られていた。

「重晶錬金鋼《バーライトダイト》エクスペリメント。通称《つうしょう》『ラ・ピュセル』!! 収容端子数五百。新型中継端《ちゅうけい》子を二基搭載《とうさい》し、その探査範囲《はんい》は論理上、一・三倍にまで向上！ さらに唯一《ゆいいつ》の攻撃《こうげき》手段である念威爆雷に、磁性結界による指向性を付加。これにより射程三十メルトルの雷因性《らいいんせい》砲撃《ほうげき》が可能となったのだ！」

熱のこもった、大声。

教室だけでなく、廊下《ろうか》にまで響き渡ったようだ。廊下から教室を覗《のぞ》きこむ者が何人もいた。

なんともいえない沈黙《ちんもく》で場が満たされている。自信満々な男。錬金鋼《ダイト》を構えるフェリ。事態の行方《ゆくえ》を見守るクラスメートたち。廊下の野次馬《やじうま》たち。

「さあ、君はいまからこれを持ち、新たな戦いの場に立つのだ！

そう！

念威少女、魔磁狩《まじかる》フェリとして!!」

叫ぶ男。

念威爆雷を起動させるのに、なんのためらいもなかった。

†

魔磁《まじ》とは!?

電子精霊《せいれい》の放つプラマトリオン雷因性粒子《りゅうし》。自律型移動都市《レギオス》の全域に微弱《びじゃく》に帯電するこの粒子が電子精霊にとって、この都市の異常を感知する神経の役割を果たしている。だが、その雷因性粒子を悪用し、電子精霊に邪悪《じゃあく》な心を芽生えさせようとする悪の集団が存在する!

その者たちが開発したのが侵略《しんりゃく》性磁性粒子。

それが魔磁だ!

「……という設定なんだってさ」

と、ハーレイが説明してくれた。

「アホですか」

フェリは端的に感想を口にした。

練武館の第十七小隊のためのスペースだ。

珍《めずら》しく第十七小隊の全員が集合した空間の中心に、ハーレイが立ち、皆《みな》がその手に持っている物を見つめている。

分厚い、コピー用紙を束ねたような本だ。

表紙には大きく『念威少女・魔磁狩○○』とある。

主役の名前は、決まっていなかったようだ。

つまりは台本である。

あの、高らかに叫ぶ細くて汚い変態が置いていったものだ。威力を最弱にしておいたとはいえ、念威爆雷にやられても平然とした顔をして、だ。

ちなみに、武芸者や念威繰者《そうしゃ》が通常時にその能力を使った暴行事件を起こせば、被害《ひがい》の大小に関係なく大きな罪になる。

……が、今回は変態男が都市警察に訴え出なかったため、事なきを得た。

「あの人、特異体質だから」

ハーレイが微妙《びみょう》な笑みを浮《う》かべた。

「知ってるのか？」

ニーナの問いに、ハーレイは頷《うなず》いた。

「アーチング・ミランスク先輩《せんぱい》。錬金科の五年だよ。あれで性格がもう少しまともなら、錬金科科長にだってなれるぐらいに重晶錬金鋼《バーライトダイト》に関して実績のある人だよ」

「と、いうことは念威繰者専門か？」

シャーニッドの言葉に頷き、ハーレイはさらに説明を続ける。

「ツェルニの重晶錬金鋼《バーライトダイト》で、あの先輩の設計思想が生きてないのはないんじゃないかな？　フェリの錬金鋼《ダイト》にだって使ってるよ」

フェリの錬金鋼《ダイト》はハーレイが作った。しかし、それはアーチングの設計図があったからだ。ハーレイは錬金鋼《ダイト》の設計や調整を専門にしているが、あくまでレイフォンやニーナの使う、通常の錬金鋼《ダイト》がその対象だ。

念威繰者の使う重晶錬金鋼《バーライトダイト》は剄《けい》と念威の違《ちが》いや、内部機構等、様々な部分で通常のものとは違う。そもそも、剄と念威は似て非なるものなのだ。ハーレイも調整や設計図を基《もと》にした組み立てはできるだろうが、一から新しいものを作ることはできない。

「それにしても、これ……収容端子数五百？　探査範囲一・三倍？　あ、中継端子が二基あるんだっけ？　うーん、そりゃ、こんな大きさになるよね」

「雷因性砲撃だったか？　それは可能なのか？」

「磁性結界で爆発に指向性を加えるのは、いまでもできるよ。これは、それ専門の装置も積んでるんだろうね。そうか増幅《ぞうふく》装置もあるとしたら……うーん、三十メルトルなら可能かなぁ」

「しかし、三十メルトルというのは、あまり有効な射程距離《きより》ではないな」

「まぁね。シャーニッド先輩みたいな遠距離専門の人ならともかく、運動能力が一般人《いっぱんじん》並みの念威繰者《ねんい》が、この距離から撃《う》ててもあんまり意味ないよね。せめて一キルメル欲しいけど、そこまで届かせる有効な威力とか考えると一人じゃ無理だし、そんなの対人戦で使う必要があるとは思えないし、対汚染獣戦《おせんじゅう》なら剄羅砲《けいらほう》もあるし、うーん、企画倒《きかくだお》れな気がするなぁ」


「愚《おろ》か者どもが！」


いきなり、バタンとドアが開き、噂《うわさ》のアーチングが現われた。

「お前たちにはワンダーでドリーミンな精神が足りん！　なんだ、さっきから、有効ではない!?　企画倒れ!?　お前たちには想像力もないのか！　なぜ、可憐《かれん》な念威少女が一人で巨悪《きょあく》と戦う姿を想像し、その儚《はかな》さに心打ち震《ふる》わすことができんのだ!?」

「いや、そう言われても……」

きょとんとする第十七小隊の中で、ハーレイだけが苦笑いを浮かべている。

「仕方ないでしょう、いくらノンフィクションとはいえ、こっちは専門なんですから」

「そんなこと、関係あるか!!」

一刀両断。

「ていうか、なんでアニメーションじゃなくて実写に拘《こだわ》るんですか。CGでもいいじゃないですか」

それでもハーレイは怯《ひる》まない。もしかしたら、同じ錬金鋼《ダイト》に携《たずさ》わる者として、以前から交流があるのかもしれない。

「もちろん、CGも使う。だが今回は登場人物の全《すべ》てを実写で行くと決めたのだ」

「実写は痛くなりますって。CGが限界ですよ」

「痛い? 痛いと思うのは貴様の愛と、演出と舞《ぶ》台《たい》とその他いろんなものが足りないからだ」

ハーレイは黙《だま》って首を振《ふ》った。

つまり、こういうことなのだ。

アーチング・ミランスク。錬金科五年生にして、アニメーション研究会の会長。同研究会の発表するアニメーション、『念威少女』シリーズの監督《かんとく》。その次回作であり、実写に挑戦《ちょうせん》する意欲作、『念威少女・魔磁狩○○』に、フェリを主演として使いたいと。

タイトルにフェリの名前を使いたいと。

「お断りです」

フェリは非常に簡潔でわかりやすい言葉で答えた。

だが、アーチングの自信満々な顔は微動《びどう》だにしなかった。

「はははは っ！　もはや君の保護者からの同意は得ているのだ」

「保護者？」

バッと、今度も紙を開く。その紙の上部はフェリが出演することに関する契約書《けいやく》になっており、下にはサインがあった。

カリアン・ロスとある。

「……あの、バカ兄は」

「はははは っ！　もう断れまい。諦《あきら》めてわたしの作品に出演したまえ、出演料は弾《はず》むよ。おおそうだ、第十七小隊の諸君にもできれば出演して欲しいのだけれどね、同じく、出演料は弾むよ」

とりあえず、もう一度念威爆雷《ばくらい》を起動させた。

ここで殺《や》れば始末には困らない。

わりと本気でそんなことを考えていた。

翌日、「念威爆雷の件を警察に訴《うった》えちゃうぞ♡」という脅迫状《きょうはく》とともに、人数分の台本が送られてきた。

†

映画といっても大掛《おおが》かりなセットを組むということはないらしい。

「実習区画でなにか組むのかと思ったが」

そう呟《つぶや》いたのはニーナだ。彼女の住む寮《りょう》は建設科の実習区画にあり、時に建設科へ映画製作を行うサークルが依頼《いらい》し、そういうセットを組むことがあるそうだ。

「そこまでの予算はない」

アーチングは特にそれを隠《かく》そうともせず言った。

「いくつかのシーンは現在ある物を借りて使う。それ以外、爆破したり融解《ゆうかい》したり消滅《しょうめつ》したりするものはCGで処理をする」

「意外と手軽なのだな」

「予算的にはな。だが、なにより建材を燃やしたり爆破したりすれば、リサイクル支援《しえん》金がもらえないではないか。材料費を丸々損失するのはどこにとっても痛いんだぞ」

「それはそうかもしれないが」

アーチングにやり込められるニーナの声を聞きながら、フェリはどうしたものかと考えていた。

ここは、アーチングが会長を務めるアニメーション研究会が持つスタジオだ。ビル一つ丸ごとというわけではなく、いくつかの映像関係のサークルで共同所有をしているという話だ。

三階と四階がアニメーション研究会のテリトリーであるらしい。その一室、機材を詰《つ》め込んだ部屋があり、ガラスを隔《へだ》てて真っ白の空間が向こうに広がっている。

フェリは、機材部屋の隅《すみ》にある狭《せま》い部屋で立ち尽《つ》くしていた。

渡《わた》された衣装《いしょう》を着、どうしたものかと思っていた。

「こんなものを……」

自分の姿を姿見で確認《かくにん》する。壁《かべ》の一面が全て鏡になっていて、自分の姿が頭の先から爪《つま》先《さき》まではっきりと映っている。

「ありえない」

絶望的な気分で頭《かぶり》を振った。

そもそも、こうなったのはなにが悪い？

あの変態と、あの変態に簡単に了承《りょうしょう》を与《あた》えた兄が悪い。

その兄だが、昨日は帰ってこなかった。ならば生徒会に直談判《じかだんぱん》をしてやると赴《おもむ》けば、重要な会議中であると冷たく追い払《はら》われてしまった。

「もしや、撮影《さつえい》中は隠れているつもり……？」

その可能性は高い。もともと、生徒会棟《とう》で暮らしているといっても過言ではないような生活をしているのだ。寝《ね》るための場所と着替《きが》えさえなんとかしてしまえば、家に帰ってくる必要はないのだ。

「二度と帰ってこなければいいのに」

呟く。

だが、それでは解決にならない。

「でも、撮影ってどれくらいかかるんですか？」

ドアの向こうでレイフォンが質問していた。

「順調にいけば一週間で終わる」

「はやいんだな」

驚《おどろ》くニーナの声。

「君たちの出番はな。ロケで使う場面は限られている。ほとんどのシーンでは端末《たんまつ》で作製したものを使う。これなら天候に左右されない。台本もできている。問題は君たちがどれだけ役者になれるか、だな」

「それが一番の問題だと思うが」

「さて、もう着替え終わっていてもいいと思うのだが」

ニーナの苦い声を断ち切るようにアーチングが声を上げた。

ドアの向こうで、フェリは拳《こぶし》を握《にぎ》りしめた。

「まだなら、もしかしたら着方がわからないのかもしれない。誰《だれ》か女性スタッフに……」

それも冗談《じょうだん》ではない。

「終わりました」

フェリはドアの向こうから答えると、ゆっくりとノブを回した。

出てきた姿にアーチングは満足げな顔を、ニーナは驚きの声を漏《も》らし、レイフォンは目を丸くしている。

白のゴッテリとしているようなすっきりとしているような、奇妙《きみよう》な服だった。なんとなく、制服を着ているような気にもなる。あえて挙げるとすれば儀式《ぎしき》用制服だ。そんなものはないけれど、そんな感じだ。

制服とパーティドレスが合体していると言ってもいい。膝上《ひざうえ》のスカートを覆《おお》うように前の開いたフレアスカートが付いている。錬金鋼《ダイト》を収容する剣帯《けんたい》は腰《こし》の部分に縫《ぬ》い付けられていた。

「うむ。いいんじゃないかな」

「……どこがですか？」

以前にバイトした喫茶店《きっさてん》のことを思い出した。どうして男というのは、女にこんな変な服を着せたがるのか。

「あとはこれだ」

基礎《きそ》状態の錬金鋼《ダイト》を差し出してきた。剣帯に収まるべき形をしている。

「ラ・ピュセルだ」

自信満々に言うが、フェリにはどうでもいい。渋々《しぶしぶ》と受け取り、剣帯に収めた。

「今日はそれを着て動きに慣れてもらう。あちらに行ってくれ」

ガラスの向こうの白い空間へと案内され、フェリはそこで一人になった。

「戦闘《せんとう》シーンはその中で行った動作を基《もと》に作製する」

なるほど。よく見れば壁や床《ゆか》のあちこちにセンサーが埋《う》め込まれている。それによって多角的に室内にいる人物の動きを記録していくのだろう。

「つまり、これを着たシーンはすべてこの中で？」

「そういうことになる」

それを聞いて、フェリは少しほっとした。こんな恥《は》ずかしいものを着て外をうろつきたくはない。

……いや、放映されるのだから結局は同じことなのか？

フェリが悩《なや》んでいるとレイフォンたちのいる側のドアが開いた。ここからではマイクを通さない声は聞こえない。ただ、ガラスの向こうでドアが開き、大柄《おおがら》な人物が入ってきた。

苦い顔をしていた。

その肩《かた》になにかが乗っていた。

小さな、少女だ。

いや、年齢《ねんれい》としてはすでに少女などとは言えないはずなのだが、ともすればフェリよりも幼く見える。

二人とも、知っている顔だ。

ゴルネオとシャンテだ。

レイフォンやニーナが新たな人物に驚いた顔をしている。

ゴルネオはレイフォンたちがいることに戸惑《とまど》っていたが、やはり苦い表情が消えることはない。

肩のシャンテがこちらを見た。

フェリの姿を確認した。

指を差して、大笑いした。

カチンと来た。


「いや、ライバルキャラが必要だろう」

アーチングはこう説明した。

「しかし、見事なライバルっぷりだ。これならば演技の必要もなく、セリフに感情がこもるだろう」

周囲の状況《じょうきょう》など関係なく、アーチングは満足げだ。

フェリの手には復元したラ・ピュセルが握られていた。ただの飾《かざ》りかと思ったら、本物だったのだ。しかもすでにフェリを所有者として定め、設定まで済まされていた。どこで声紋《せいもん》を取ったのか、ハーレイを問い詰めなければならないと思った。

長大な杖《つえ》から吐《は》き出された念威《ねんい》端子がフェリの周囲を漂《ただよ》い、帯電していた。

正面ではゴルネオに抑《おさ》えられたシャンテが、紅玉錬金鋼《ルビーダイト》の槍《やり》を構えて威嚇《いかく》している。

やりあう寸前だった。

その間で、レイフォンとニーナが苦い笑《え》みを浮《う》かべて仲裁しようと無駄《むだ》な努力をしている。

「本当は念威繰者《そうしゃ》がよかったのだが、これがなかなか難しい。そういうわけで彼を通じて出演するように頼《たの》んだのだ」

「なにが、『頼んだ』だ」

ゴルネオが恨《うら》めしそうにアーチングを睨《にら》んでいる。

「いいじゃないか、重晶錬金鋼《バーライトダイト》の能力向上案、君の所の念威繰者は喜んでいただろう？」

「その前だ！」

ゴルネオが吠《ほ》えた。

「シャンテ君への報酬《ほうしゅう》かな？　マルムウ牛一頭。こちらもけっこうな出費だよ」

だが、アーチングはまるで慌《あわ》てず、平然とした顔で言ってのけた。

「生きたままとか、こいつの狩猟《しゅりょう》本能をよけいなところで刺激《しげき》するな！」

その言葉に、周りが微妙《びみょう》な空気になった。

フェリは冷たく、

「獣《けだもの》」

言い放つ。シャンテがガオッと吠えた。

とにかく、撮影が始まった。動作取りと称《しょう》された、あの白い部屋での動きはしんどかった。扱《あつか》い慣れていない長大な杖を振《ふ》りまわしたり、飛んだり跳《は》ねたりしないといけないのだ。しかも「こういう動きをしてほしい」と言われても、すぐにそれがどういうものかはわからない。何度もやり直しをさせられた。

その点でシャンテは優秀《ゆうしゅう》だった。腹立たしいほどにあっさりとアーチングたち撮影班の要求に応《こた》えた動きをする。

「念威少女は念威で戦うのが基本だから、気にすることはない」

アーチングに慰《なぐさ》められたのが、余計に腹立たしい。

次の日は、セリフの収録だった。

こちらはフェリの方があっさりと終わった。

「念威繰者が感情の露出《ろしゅつ》が下手《へた》なのはファンの間では周知の事実だ。むしろそれがいいのだ。だから君は、どれだけセリフが棒読みでもいい」

……あまり、褒《ほ》められた気はしなかったが。

同じくやったシャンテはかなりひどかった。

「ええと……覚悟《かくご》しろ――――……これなんて読むんだ？」

棒読みにもほどがある上に、字が読めなかった。アーチングはシャンテ用にセリフを抜《ぬ》き出し、その上で発音記号まで振った。

「あははは！　そうだ。壊《こわ》れろ！　全部壊れちゃえ！」

「はいオッケー」

セリフが終わるたびにシャンテが自慢《じまん》げな顔をする。

「どうでもいいから、早く終わらせてくれません」

「棒読み女」

「字が読めないよりはマシです。あっ、発音記号は読めるんですよね。少しは文明的なことができるようでなによりです」

「シャ――――っ！」

それでもなんとか、セリフの収録はその日の内に終わった。


次の日。

今日は外での撮影だった。

フェリが到着《とうちゃく》した時にはすでに撮影の準備が整っていた。家庭的雰囲気《ふんいき》のある喫茶店の内部に大きなカメラが据《す》えられ、照明装置がぎっしりと並んでいる。猥雑《わいざつ》な空気が流れる中に飛び込んだフェリは、思わず足を止めてしまった。

どうやら、うるさい原因は機材のチェックに奔走《ほんそう》するスタッフのものだけではないようだ。

「むう」

という唸《うな》りが店の奥から聞こえてきた。

アーチングのものだ。

奥を覗《のぞ》くと普段《ふだん》は店員の着替《きが》えや休憩《きゅうけい》に使われているだろう空間がある。中には持ち込んだのか仕切りがあり、衣装《いしょう》が並べられていた。

そこにアーチングとレイフォン……

「なにをしてるんですか？」

そしてニーナがいた。

「なにをしているように思う？」

尋《たず》ねられたニーナが面白《おもしろ》くない顔をして二人の前に立っていた。

「コスプレ？」

「そうだな。役者という仕事にはそういう側面があるかもしれないな」

苦り切った顔でフェリの答えに皮肉を混ぜて頷《うなず》いた。

ニーナはエプロンをつけている。ごく普通のエプロンだ。これだけならば、なにもおかしいところはなかっただろう。

だが、その下の服がなんだかおかしい。

スカートを穿《は》いている。

女性がスカートを穿いてなにが悪いというのだろう。ニーナだってスカートを穿くことはあるだろうし、似合うものもあるだろう。

だが、このスカートはなぜか似合わない。残念なほどに似合わない。丈《たけ》の長い、ふわふわとした感じのスカートだ。エプロンを取って白いつばひろの帽子《ぼうし》を被《かぶ》ってもいいようなワンピースタイプの服だ。

「似合わない」

苦しい顔でアーチングが首を振った。

「わかってはいたが、ここまでとは」

「悪かったな」

憮然《ぶぜん》と、ニーナが吐き捨てる。

「やっぱり、ちょっと男装的な服の方が似合うのだろうな。となると役はバイトの少年か。

その役には君がいるしなぁ」

そう言ってレイフォンを見る。こちらはシックな服装でまとめられている。エプロン姿にも違和感《いわ》がない。

「こっちはこっちで、ちょっと鋭《するど》さが足りないな。純朴《じゅんぼく》すぎる」

「はぁ……」

よくわからない様子のレイフォンは頭をかいていた。

「家庭的な女性が欲《ほ》しいのだが、誰《だれ》か適当な人はいないかな？」

普段、実写に携《たずさ》わらないアーチングの弱みなのだろう。役者たちにコネがないに違《ちが》いない。

「こんにちは」

そこにナルキの声が割りこんできた。

振り返ればナルキの他《ほか》に親友のミィフィにメイシェン、そしてリーリンもいた。

役を割り振られなかったナルキは気楽な顔で撮影《さつえい》現場と化した喫茶店《きっさてん》を眺《なが》めている。

「週刊ルックンの記者です。あとで取材させてください」

ミィフィなどはちゃっかりとしたものだ。

だが、それをアーチングは聞いていなかった。

「……いた」

アーチングがナルキたちを見ながら呟《つぶや》いた。

「君たち……」

目の前にいたミィフィを押しのけるようにし、ナルキの横を通《とお》り抜け……やはりというかリーリンとメイシェンの前に立った。

「君たちのどちらか、ぜひとも出演してくれないか？」

アーチングの勢いに二人は驚《おどろ》く。

「ええ？」

「出演って……？」

「喫茶店の女主人だ。共同経営者として彼……そしてもう一人のバイトとして彼女だ」

レイフォン、ニーナと指を差していく。

「レイとんと……映画…………………はぅ」

なにを考えたのか、メイシェンがあっというまに顔を真っ赤にして卒倒《そっとう》してしまった。

「……無理です」

ナルキに抱《かか》えられ虫の息となったメイシェンだが、なんとかそう呟く。

「むぅ、とんだあがり性《しょう》だな。では、君はどうだね？」

「ええ……わたし？」

戸惑《とまど》うリーリンは他の人たちの反応を確かめるように見回した。

レイフォンを見、ニーナを見、そしてフェリを見た。

「ちゃんと出演料は払《はら》うよ？」

「……ちなみに、おいくら？」

それで決まった。

非常に面白くない展開だ。

「監督《かんとく》……」

全《すべ》てが動き出した中、フェリはアーチングを呼び止めた。

「なんだね？」

「その、共同経営者というのは、わたしがやってはだめだったのですか？」

「？……君は主役じゃないか」

「いえ、主役にそういう設定があってもいいのでは？」

「ふむ……」

なにかを考えるように寝癖《ねぐせ》だらけの髪《かみ》をかき回す。

「いや、ないな。いいかね、君は念威《ねんい》少女だ。念威少女は喫茶店の経営などしないのだよ」

「どうしてですか？」

「念威少女だからだよ。念威少女が経営でお金のことを真剣《しんけん》に考える図はおかしいではないか。いいかね、念威少女が働くとしたらせいぜいバイト程度だよ。しかも喫茶店とかケーキ屋とか、そういうちょっとかわいい感じがする店でだ」

理解不能だ。そもそも念威少女だからという固定観念が理解できない。

「念威少女とは、儚《はかな》く、可憐《かれん》で、世俗《せぞく》からやや浮《う》いていなければならないのだ」

フェリは黙《だま》って首を振った。

とにかく、自分の思い通りにはならないということは、よくわかった。

全員が役者としていまいちであったり、男装したニーナが男前であったりしたのは、想像の範囲《はんい》内だった。

より腹立たしいのは、レイフォンとリーリンの、まるで夫婦《ふうふ》のような演技が様になっていたところだ。

†

その後、撮影は順調に……それなりに順調に進んでいった。少なくとも約束の一週間を超《こ》えることはなさそうだ。

　そして最終日。

「……約束が違います」

　静かに、フェリはアーチングを睨《にら》む。

「いや、もうしわけない」

　そういうアーチングの顔はまったくもうしわけなさそうではない。分厚いメガネは相変わらず奇妙《きみょう》な光の反射をして目を隠《かく》す。なにか細工でもしているのだろうか。

「CGで済まそうと思えばできるのだが、やはり撮《と》ってしまった方が早いことも確かでな」

　最初からそのつもりだったのだと、言い訳をするアーチングの顔を見ているうちにわかった。

　なにしろ、今日の予定はこれだけしかないのだ。

　場所は外だった。以前に撮影をした喫茶店の近くだ。撮影ということであちこちに綱《つな》が張られ立ち入り禁止となっている。

　その向こうに暇《ひま》そうな見物人たちがちらほらと集まっていた。

　フェリは見物人たちから一番離《はな》れた場所に作られた仮設テントで、着替えを終え、待機している。

あの、念威少女の恰好《かっこう》でだ。

約束が違うというのは、これのことだ。

「そもそも、どうやって撮る気なんですか？」

フェリは疑わしげに監督とテントの向こうの現場を見た。いつものように撮影機材をあちこちに設置している以外には、特にこれといって用意している様子はない。

ただ、カメラの台数はいつもよりも多い。現場だけでなく、あちこちにある建物の屋上にまでカメラマンが待機しているようだった。

最終日、最後に残された撮影は、念威少女が空を飛ぶシーンだ。

「飛べませんよ？」

当たり前の事実を一応伝えてみる。アーチングのことだから、念威少女は飛べるのだとか無茶なことを言うのではないかと危惧《きぐ》したのだ。

「もちろんだ」

「なら、どうするのですか？　ワイヤーとかで？」

だが、そういうワイヤーを取り付けるためのなにかは、フェリにはまだ装着されていない。

「そんなことをするぐらいなら、ＣＧでやる」

「では？」

「ふっ、君にはこれがあるではないか」

アーチングが示したのは、あの重晶錬金鋼《バーライトダイト》だ。

「それが？」

言われるままに錬金鋼《ダイト》を復元する。フェリの身長よりもはるかに長い杖《つえ》。重いしバランスも悪い。正直、不便だ。雷因性砲撃《らいいんせいほうげき》とやらも射程が短いし、端子《たんし》数も多ければ良いというものではない。端子が多いということは、確かにより精度の高い情報収集が可能になるということだが、同時にそれだけ念威繰者《そうしゃ》への処理能力負担が大きくなるということだ。

重晶錬金鋼《バーライトダイト》で実績のあるアーチングがそれを知らないわけがないと思うのだが……

「実はこれに搭載《とうさい》されている中継《ちゅうけい》端子は、君のいま着ているバトルスーツの背部に装着することによって、飛行が可能となるのだよ」

「いえ、そういう設定はいいですから」

「設定ではない」

説明にぐったりとしたフェリにアーチングは言い切った。

「強力な磁性結界は重力を遮断《しゃだん》する。これは立証されていることだ。わたしは、それをどうにか実用段階にまで運べないかと、このラ・ピュセルを開発した。膨大《ぼうだい》な端子数と中継端子はむしろこのためにあると言ってもいい。雷因性砲撃の射程距離《きより》が現在の問題だが、それを解決することができれば、わたしは念威繰者の戦闘《せんとう》での火力支援《しえん》も不可能ではないと考えている」

「念威爆雷《ばくらい》では足りないと？」

「なるほど、念威爆雷。無線誘導《ゆうどう》による爆撃《ばくげき》は確かに有効だ。念威繰者による攻撃《こうげき》手段としてこれ以上のものはないだろう。だからこそ、これまで誰もそれ以上のものを開発しなかった。いいや、開発したとしてもそれらは使用されなかった。

なるほど、念威爆雷。たしかに野戦グラウンド程度の広さならば、ほぼ全ての念威繰者が有効に扱《あつか》うことができるだろう。だが、対汚染獣《おせんじゅう》戦ではどうだ？　汚染獣戦で念威爆雷が活用され、それが効果的であったということを、聞いたことがあるかね？　いや、君ならばそれもまた可能かもしれない。君ほどの念威量を持つ者ならば、一人で戦場の全てを把握《はあく》し、有効な場所で爆雷を発動できるかもしれない」

「どうして、それを……」

アーチングの言葉に、フェリは警戒《けいかい》を覚えた。

彼は、フェリの念威量のことを知っている。他者よりもはるかに多いということを。

アーチングが唇《くちびる》の端《はし》を上げて笑った。

「君の錬金鋼《ダイト》をメンテナンスするのが誰か、君は知っているのかい？　打撃武器を得意とするハーレイ・サットンやキリク・セロンに、念威を操《あやつ》る重晶錬金鋼《バーライトダイト》の本格的なメンテナンスや修理ができるわけがない」

言われるまで考えたこともなかった。念威繰者でいる自分に不満はあるが、念威を使っている時に不満を感じたくはない。調整の時にはそれなりに細かいことを注文したし、それに応《こた》えたのはハーレイだ。

だから、メンテナンスをしているのもハーレイだと思っていた。

いや、たとえそれを知っていたとしても、まさか錬金鋼《ダイト》を調べるだけで自分の秘密まで知られるとは思わなかっただろう。

「君の兄から君の出演の承認《しょうにん》をもらう時、わたしはこのラ・ピュセルの実験も兼《か》ねているということを告げた」

「では、これは……」

新型重晶錬金鋼《バーライトダイト》の、機能実験？

「趣味《しゅみ》と実益を兼ねた、一挙両得の提案だ。残念ながら、たとえ成功したとしても君ほどの念威量がなければ使えないという結論が出るのは、わかっているがね」

自嘲的《じちよう》にアーチングは唇に笑《え》みを貼《は》り付けた。

「だがこれは、踏《ふ》まなければならぬ一歩だ。全ての念威繰者にとって」

「……わたしは、違《ちが》います」

変態だと思っていた男から噴《ふ》き出す熱意に当てられながら、フェリはそれに逆らうために首を振《ふ》った。

「わたしは、違います」

「だが、君とて感じたことがあるだろう？　戦闘でのままならぬ気持ちを。友人を、兄弟を、親しい者たちを危険の前に立ちふさがらせながら自分はその姿を直視できる立場にいながら、情報を伝達するということしか出来ぬ身のままならなさを」

「それは……」

言い淀《よど》む。たしかに、それはある。レイフォンが一人、汚染獣の群れの中に飛び込んだ時、一人、老生体のもとへと向かった時、一人、彼の実力に追いつけない皆《みな》を置いて戦場に立つ時。

彼をサポートできるのは自分だと、自分だけだと、ツェルニに来た目的に反する気持ちをほのかに抱《いだ》きながら、しかし反面で、見ているしかできない自分に苛立《いらだ》ちを覚えることは、ある。

「そのままならなさを割り切ることこそが重要だと何度も教えられた。だが割り切ることはできない」

「あなたは……」

その言い草に、フェリは真に迫《せま》ったもどかしさを感じた。身を切られるような思いを感じた。

アーチングが黙って、寝癖《ねぐせ》だらけの髪《かみ》をかきあげる。

ぼさぼさの髪に隠された右の側頭部に、空白地帯がある。そこだけごっそりと髪が抜《ぬ》け、露《あらわ》になった表皮は沸騰《ふっとう》してそのまま固まったようになっていた。赤と青の毛細血管が切れ切れに這《は》う様が、生々しい。

火傷《やけど》だ。

そしてなぜそんな傷痕《きずあと》を背負《しょ》いこむことになったのかわかった。

「ままならぬ気持ちを押し通そうとした結果だ」

過剰《かじょう》な念威《ねんい》を放出しようとしたか、あるいは自らの処理能力を超えるなにかをしたことによって、脳神経が熱暴走……まさしく血管が沸騰したか。

念威繰者となった者にとって、最初に学ぶ、自らの能力の危険性だ。

「わたしの才能がわたしの気持ちの壁《かべ》となるのであれば、それを飛び越《こ》えるために別のアプローチを行う。それが、いまのわたしだ」

アーチングのメガネが外れる。彼の目がメガネ越しで見えないのは、彼のメガネそのものが念威端子だったからだ。

彼は、普段《ふだん》の生活から念威を使っていた。

火傷に覆《おお》われ、開かぬ瞼《まぶた》がそこにあった。

フェリはその傷に吸い込まれたような気分となった。

もはやその瞼を焼いた熱はないというのに、肌《はだ》が彼の浴びた、彼のかつて発した熱を感じて、じりじりと焦《こ》げていくような……

その熱がフェリの内部へと伝播《でんぱ》していくような……

熱に侵《おか》されるような……

「あのう……」

呼びかけられた声で、アーチングがすぐに離れ、メガネを戻《もど》した。

レイフォンだ。

「準備ができたって言ってますけど？」

「そうか、悪いね」

アーチングがレイフォンの肩《かた》を叩《たた》いて過ぎていく。フェリは基礎《きそ》状態のままの重晶錬金《バーライトダ》

鋼《イト》を握《にぎ》りしめた。

「……それって、飛べるんですね」

「聞いてたのですか？」

「はぁ、まぁ……」

驚《おどろ》くフェリに、レイフォンは茫洋《ぼうよう》と答えた。

「実戦的かどうかはともかく、飛べるなんて面白《おもしろ》そうじゃないですか」

「そんな気楽な話に聞こえましたか？」

レイフォンの呑気《のんき》な言葉が腹立たしい。フェリの胸の中にアーチングの熱が残っていた。彼の重晶錬金鋼《バーライトダイト》にかける熱意が、念威繰者であることのもどかしさが、戦場での切り裂《さ》かれるような想《おも》いが、フェリの中に残っている。

それがフェリを落ち着かなくさせる。

なにかをしなくてはならないような気持ちにさせる。

熱意だけでなく、アーチングそのものが自分の中にいるような、そんな気持ちになってしまうのだ。

「でも、どうしようもありませんよ？」

そんなフェリに気付いているのかいないのか、レイフォンの口調は変わらない。

「期待とか嫉妬《しっと》とか……向けられる気持ちはいろいろありますけど、でも、どうしようもありませんよ。その気持ちをかなえてあげたいと思っても、できなかったり、できても……それで自分がしたいことができなくなったりするかもしれないじゃないですか」

レイフォンの口調は変わらない。

「フォンフォン？」

「飛べばいいんですよ」

レイフォンの目を追うと、そこにはフェリの握る重晶錬金鋼《バーライトダイト》があった。

「それだけです。僕たちがなにをしようと、あの人のいろんなものは、結局解決しませんよ。あの人は、あの人で解決したいんですから。だから、フェリはそれで飛べばいいんです。それだけですよ」

「それだけ……で、いいんですか？」

「です」

頷《うなず》くレイフォンの表情に欺瞞《ぎまん》はなかった。まるで呼吸でもするみたいに、そう思っていることを言っただけのようにしか見えなかった。

胸の中で、熱が急速に溶《と》けていくのを感じた。アーチングの意思が消えていく。もどかしさも、ままならぬ気持ちも、全《すべ》てがフェリの中から去っていこうとしていた。

「わかりました」

スタッフのフェリを呼ぶ声がした。

フェリは立ち上がった。


復元した重晶錬金鋼《バーライトダイト》はやはり長い。先端部《せんたんぶ》、槍《やり》のように尖《とが》ったそこを飾《かざ》るように翼《つばさ》がある。陽《ひ》の光を受けて、半透明《はんとうめい》の翼は虹色《にじいろ》を浮《う》かせていた。

この翼が、中継《ちゅうけい》端子だ。

「さっきも説明したように中継端子はこのスーツの背面……この部分だ……これに装着することで磁性結界へと念威を自動変換《へんかん》する。その際にいくつかの端子が周囲に配置される。これは結界の強度及《およ》び、飛行時の進路制御《せいぎょ》に使われる。結界の強度を上げれば、浮力《ふりょく》が増して上昇《じょうしょう》する」

「わかりました」

綱《つな》の向こうの見物人の数が増え、それに比例して雑音も増していた。アーチングのいままでにない緊張《きんちょう》した表情がすぐ近くにある。撮影《さつえい》班全体にその緊張感が伝播し、それによって形作られた空間がフェリの耳から雑音を追い出していた。

「頼《たの》む」

アーチングが肩を叩き、去っていく。

カメラの集中する場所にただ一人残された。周囲の緊張感が自分に収束していく。見物人たちも静まり、なにが起こるのかと固唾《かたず》を呑《の》んでいる。

「スタート」

カチンコが鳴り、緊張がよりいっそう収束し、胸に突《つ》き刺《さ》さる。

フェリは無言で杖《つえ》を突きあげた。

「起動」

囁《ささや》く。

念威が走る。

重晶錬金鋼《バーライトダイト》、『ラ・ピュセル』に念威が駆《か》け抜け、目的に向かって動き出す。

一対の翼が二つに分かれて杖から剝離《はくり》する。それらは落ちるわけではなく宙を滑《すべ》り、フェリの背に装着された。

機械の走る音が背を震《ふる》えさせる。念威がそこに集まり、形を変えていくのがわかる。

磁性結界展開。

翼が淡《あわ》い光を放射する。背後に展開していた念威端子がそれを受け、形を整える。

体全体になにかから切り離《はな》されるような不安定な感触《かんしょく》があり……

足が地面から離れた。

浮いた。

見物人たちのざわつく声が集中力を乱す。振り切る意味も込《こ》めて、フェリはより高く飛んだ。

空、だ。

足下《あしもと》に屋根が並んでいる。頭上には強い陽射《ひざ》しと薄青《うすあお》い空がある。

空にいる。

磁性結界が吹《ふ》き抜ける風から守ってくれる。

音がなにもない。

無音の中でフェリは空を飛ぶ。

支えを失ったような不安はすぐになくなった。水の中にいる時よりもよりはっきりとした解放感で満たされる。

このままだといいな。

そんな気持ちを解き放ちながら、フェリは夕暮れが大地の彼方《かなた》に姿を見せるまで飛び続けた。

「素晴《すば》らしい」

アーチングが涙《なみだ》を流して喜んでいた。

比喩《ひゆ》ではなく、本当に。

メガネの奥から流れる涙が頬《ほお》で線を作っていた。

「これほど素晴らしい絵はない！」

元の場所へと戻ったフェリに、アーチングは抱《だ》きつきそうな勢いで喜びを表していた。

実験は成功だった。磁性結界による重力の遮断《しゃだん》、及び飛行実験は完璧《かんぺき》にうまくいっていた。

アーチングの喜びはそのためだろう。彼の目的に一歩辿《たど》り着いたのだ。

よかった。

表情こそ動かさないが、フェリは本心からそう思った。

「これを見たまえ！」

と、フェリの前に一枚の紙を差し出した。

それは、カメラに撮《と》った映像を急いで印刷したものだろう。紙はコピー用紙で、印刷も粗《あら》い。

だが、そこに描《えが》かれているものははっきりとしている。

「………………え？」

フェリは理解するのに時間がかかった。

そこにいるのはフェリだ。ラ・ピュセルを構え、空を飛ぶフェリの姿だ。

背から、念威《ねんい》の光を放ちながら飛ぶ姿だ。

その光が、翼の形をしていることを、フェリは知らなかった。

光翼《こうよく》をはばたかせ、空を飛ぶ姿。

「素晴らしい！　まっこと素晴らしい！　この絵だ。どれだけアニメーションで飛ばそうとも、この感動は得られるものではない。現実だ。現実に念威少女が誕生したのだ！　ビバ……ビバ念威少女！」

踊《おど》り狂《くる》うアーチングを唖然《あぜん》と見守る。

「あの、実験は……？」

アーチングの非願である、念威繰者の戦場への直接支援《しえん》。そのための実験は？

「うむ、もちろんそれもある。だけどこれに勝るものはない。わたしの夢は、戦場から劇場へと移ったのだ！　さあ、フェリ君、ともに世界中に念威少女の名を轟《とどろ》かせようではないか」

「お断りです」

呟《つぶや》き、フェリは杖の先をアーチングに向けた。

ラ・ピュセルの機能実験としては、もう一つ残っているではないか。

雷因性砲撃《らいいんせいほうげき》。

杖の先端に、紫電《しでん》が集まった。

ジーニアス・ゴウ・ロード

眼前にある光景に、ニーナは呆然《ぼうぜん》とした気持ちが抜《ぬ》けない。

なぜ、こんなことになったのだろう？

生徒会により、突然《とつぜん》、『祭』が告知されたのは一週間前だ。準備期間にいろんな商店、サークル、有志たちによってあっという間に『祭』の準備が済まされた。映像や舞台《ぶたい》、音楽関係のサークルは都市の各地にある劇場や路上でイベントを行える空間の取り合いで火花を散らし、その他のサークルも企画《きかく》を手にして参戦する。調停に生徒会役員がかけずり回り、建築科の生徒たちは屋台やその他の飾りを作るために昼夜を問わず動き回っている。楽しむ側に回った生徒たちも、その日に着る服やなんとか仲を深めたい異性のことで楽しげに会話を弾《はず》ませている。

騒《さわ》がしい一週間はあっという間に過ぎ、カリアンによって開催《かいさい》が宣言されたのが昨日の朝…………………のはずだ。

「…………なぜ？」

ニーナはもう一度呟いた。

場所は、以前にも利用したことのある、シャーニッド行きつけの店だ。

半地下のその店に、なぜ自分がいるのか思い出せない。店内は貸し切り状態だったようで、カウンターの向こうどころか、店内のどこにも女主人の姿は見えなかった。

そして。

「なぜだ?」

さらにもう一度、呟く。

カウンターに、床《ゆか》に、テーブルに突っ伏《ぷ》している連中を見て、そう呟く。シャーニッドとハーレイは床に倒《たお》れ、レイフォンはカウンターで青い顔で唸《うな》っている。テーブル席のソファにはフェリ、ナルキ、メイシェン、ミィフィが重なり合うようにしている。

覗《のぞ》き込めばカウンターの向こうではリーリンが座り込んでいる。

全員、眠《ねむ》っているのか気を失っているのかわからないような状態だ。

頭の奥に凝《こ》ったような痛みを感じて、ニーナはこめかみを押さえる。

記憶《きおく》を掘《ほ》り返そうとするのだが、この痛みが邪魔《じゃま》をして、うまく頭が働いてくれない。

「うう……」

唸り、喉《のど》がとても渇《かわ》いていることに気がついた。そうだ、目が覚めたのか意識を取り戻《もど》したのか、どちらであろうと目を開けた理由は喉が渇いたからだ。

こめかみを揉《も》みながらカウンター席の、さっきまで自分がいた辺りにあったグラスを摑《つか》んだ。カウンターテーブルのあちこちに、半端《はんぱ》に液体を残したグラスが並び、それに囲まれるように料理の残った皿もある。

「ぐっ……」

グラスにあったものを飲み、ニーナは頭痛がさらにひどくなったような気がした。なにが入っていたのか知らないが、溶《と》けた氷によって味が薄《うす》まり、さらに温《ぬる》くなっているために変な味になっていた。

いや、そもそもこれはなんの飲み物だったのか？

ニーナは水を求めてカウンターの奥に見えた冷蔵庫に向かった。座り込んだまま動かないリーリンからは苦しそうな寝息《ねいき》が聞こえている。彼女をまたぐように越《こ》え、冷蔵庫から冷えた水を取り出し、喉の奥に流し込む。

胃の中にあった嫌《いや》なものが洗い流されていくような感覚に、頭痛がすこしだけ取れた気がした。

一本飲み干し、さらにもう一本取り出して、ニーナは自分がいたであろう場所にまた座った。今度は頭の奥に巣くっている痛みを少しずつふやかしていく気分でちびちびと飲む。

「それで、なんでこうなったんだ？」

呟き、ニーナは痛みに邪魔されながら記憶を取り戻す作業に入った。

そう……あれは会長が『祭』の開催を宣言して、それから…………

†

……いきなりの『祭』に、レイフォンはなんとなくだがついていけない感じがした。

会長が宣言してからたったの一週間だ。その一週間で簡単に準備が済んでしまう。ツェルニ一番の大通りであるサーナキー通りを中心に屋台が並び、他の通りでも別のイベントが進行していたりする。

「やろうと思えば全員で準備ができるんだ。学生ばっかの都市ならではってな」

シャーニッドにはそう説明されたが、それでもやはり、こんな急激な変化はレイフォンにはついていけない。

レイフォンは、そのサーナキー通りの外れで人々の流れを呆然と眺《なが》めている。別に人が増えたわけではない。ここにいる人たちはみな、毎日、校舎に集《つど》っている人々だ。

「なにしてるんですか？」

尋《たず》ねられ、振《ふ》り返るとフェリが立っていた。

「あれ？　フェリ、今日は不参加だったのでは？」

今日は『祭』の初日ということで、隊の訓練は休みとなっていた。代わりにシャーニッドの音頭で映画を観《み》にいくことになっていたのだ。

「ええ、行きませんよ、もちろん」

その映画というのが少し前に第十七小隊が出演した『念威少女・魔磁狩《まじかる》フェリ』だというのだから、フェリが来るはずがないのはもはや自明の理というものだ。

「ええと、それじゃあ……」

それなのに、どうして待ち合わせ場所のここにいるのだろう？

「クラスメートがこの辺りで出店しているというので、覗きに来たのです」

首を傾《かし》げているとフェリがそう言った。

「ああ、なるほど」

「……あなたのクラスは、なにかしたりはしないのですか？」

「僕のクラスは別に……ああ、エドが大食い大会に参加するって言ってましたね」

「ああ、あの人ですか」

「フェリのクラスはなにかするんですか？　ああ、クラスメートさんが出店してるというのが……」

「いえ、それは彼女のサークルの方です」

「はぁ……」

話している間に、彼女のイライラが募《つの》ってきているのがありありとわかって、レイフォンは焦《あせ》った。フェリがなにをしたいのか、よくわからないのだ。

「……よく、観にいこうなんて思えますね」

深々とため息を零《こぼ》して、フェリがレイフォンを睨《にら》んだ。

「……え？」

「映画です。あんなもの、観る価値もないと思いますが」

「たしかに、恥《は》ずかしいですよね」

映像の向こうにいる自分というものをまじまじと見たことはないが、確かに恥ずかしいだろうなとは思う。出演していないシャーニッドが乗り気なのは、なんとなく彼らしいとは思うのだが、他《ほか》に出演していたニーナやリーリンが観にいくというのだから、レイフォンとしては断る理由もない。

「ああ、つまりは、鈍感《どんかん》ということですね」

「そんな……僕だって恥ずかしいですよ」

「まぁいいです」

レイフォンの言い分に聞く耳など持たず、フェリはいきなり手を握《にぎ》って引っ張った。

「え？」

「ここにいたら他の人たちに見つかるじゃないですか。今日はわたしに付き合ってください」

「ええ？　でも、約束が……」

「わざわざ恥ずかしい思いをしに行く必要は、ないと思いますけど？」

ぎろりと睨まれ、レイフォンは返す言葉もなかった。


フェリに引っ張られて入ったのは、なんだか怪《あや》しい建物だった。テントのようになっている中は薄暗い。表の看板を見損《みそこ》ねてしまったから、なんの店かもわからなかった。

「ああ、フェリさん。来てくれたんですね」

暗い雰囲気《ふんいき》の声に、レイフォンはびっくりした。

テントの中はろうそく一本の明かりしかなかった。しかもそのろうそくは骸骨《がいこつ》を燭台《しょくだい》としていて、溶けた蠟《ろう》が年季の入ったこびりつき方をしている。

「ふふふ」と笑うのは、黒いローブにフードを被《かぶ》った女性だ。

「雰囲気抜群《ばつぐん》ですね、エーリさん」

「でしょう？　ふふふ。みなさん、逃《に》げるように帰って行ってしまいます。なぜでしょう？」

「怖《こわ》いからですよ」

フェリの容赦《ようしゃ》のない一言にレイフォンの方がぎょっとしてしまう。だけど、エーリと呼ばれたフードの女性はまるで動じた様子もなかった。

「えー、これぐらいじゃないとムードがないじゃないですか、こう『占《うらな》ってもらう』っていう感じが」

「あなたが座っているだけで、それは完成しているのです。小物と照明のおかげで、あなたは契約《けいやく》を迫《せま》る悪魔《あくま》のようですよ」

フェリのたとえはよくわからなかったが、たしかに、骸骨の燭台が置かれたテーブルには他に、大きな水晶玉《すいしょうだま》と奇妙《きみょう》な絵柄《えがら》のカードがある。他にも彼女の背後には、なんとも不安を誘《さそ》う図や文字が飾《かざ》られていた。

「悪魔……」

フェリの言葉に、エーリはうっとりとした顔をした。

「あの、それでここは、占いの店なんですか？」

話が進まないというか理解が追いつかないので、レイフォンは質問してみた。そろそろ待ち合わせの時間だ。もしかしたらニーナたちがレイフォンを待っているかもしれない。そう考えると悪い気がしてくるのだが、フェリがあちらへ行くのを許してくれそうな気もしない。

しかしここの空気が楽しいものであるかどうかと言われると、また困るわけで……

「はーい」

エーリが緩《ゆる》く返事をした。

「ふふふ、なんでしたら、占いしていきます？」

「えっと……」

「別になんでもいいですよう。占いなんて人生相談とそんなに変わりませんから。ちょっとした言葉で気分が楽になればいいんですよ」

「あなたは不幸な未来しか予言しなさそうですが」

「予言者と占い師は違《ちが》いますよ」

それからエーリが長々と予言者と占い師の違いを説明したがレイフォンには理解できなかった。フェリは理解する気がなさそうだった。

こうしている間にも何人かがテントの中を覗き、先客がいたから……ではなく水晶《すいしょう》の前で熱のこもった目で陰鬱《いんうつ》に熱弁するエーリの姿を見、顔を引きつらせて去っていった。

「それで、占うのですか、占わないのですか？」

「あ、やります？」

フェリの言葉でエーリの顔がぬるま湯のように緩む。

「どちらが占います？　フェリさん、レイフォンさん？」

「では、レイフォンで」

「え？　僕ですか？」

「わたしは、その気になればいつでもやってもらえますから」

「いつも断るくせに」

驚《おどろ》いているレイフォンを無視して、フェリの目がエーリを黙《だま》らせる。

「まぁ、いいですよ。では、レイフォンさん、座ってください」

「は、はぁ」

エーリに勧《すす》められ、彼女の前に座る。

「それで、なにか占って欲しいこととかありますか？」

「えっと……」

考えてみる。

………特にない。

フェリが背後でなにかを言おうとした気配があった。

「そうですかぁ、では、今日のことでも占ってみましょう」

だが、それよりも早くエーリが口を開き、雰囲気とはまるで正反対に素早《すばや》くカードを切り始めた。

切ったカードの束からレイフォンに一枚引かせ、それをレイフォンの前に伏《ふ》せたままで置かせる。それから、レイフォンから見たらなんらかの法則性がありそうでいてないような、奇妙な順番でカードを水晶の周りに配置していく。休憩《きゅうけい》時間にクラスメートが使うカードゲームとはまた違う絵柄が並び、レイフォンにはなんのことやらわからない。

「ふむ、ふむ、ふむ」

置いてけぼり状態のまま、エーリは一度配置したカードをまたも法則性があるようないような感じで手元に戻《もど》していき、その度《たび》にカードの絵柄を確認《かくにん》していく。

最後に、レイフォンが選んだカードを表に返して、その絵柄を覗《のぞ》き込んだ。

「ふーむ、ふふふ、ふーむ」

……なんで途中《とちゅう》で笑ったんだろう？

なんだか、良くない予感がする。

「では、結果発表です」

「結果発表って……」

そんな、クイズかなにかのように……

だが、エーリはまるでそんなことを気にした様子もなく手元に残した数枚のカードを見ながら説明していく。

「まずはですね、ここを出たらウサギビルを目指してください。お昼はその辺りで食べてくださいね。ラッキーアイテムは緑の飲み物。それからヒップショットボールで遊んでください。夕方は導き手に従えば間違いないと思います。あ、フェリさんのラッキーアイテムは赤い飲み物、クラッシュアイテムは黒い飲み物です」

「……なんですか、クラッシュアイテムというのは」

「その時になればわかりますよう。それと、レイフォンさん」

「あ、はい」

フードの下からエーリの暗い目で見られて、レイフォンは少し緊張《きんちょう》した。

「パーッとしてきてくださいね」

エーリの口調で「パーッ」と言われても、まったく「パーッ」には聞こえなかった。

エーリの言っていることはよくわからなかった。

「ええと、どうしましょうか？」

だからテントから出てもどうしていいのかわからない。もう映画が始まっている時間だ。ニーナたちはそちらに行ってしまっただろう。今日の予定がつぶれてしまった以上、レイフォンにはやることはなかった。

「とにかく、ウサギビルというのを目指しましょうか」

やることがないのはフェリも同様のようだ。

「でも、ウサギビルって……」

「ヒップショットボールを目指せばあるのではないですか」

ヒップショットボールは知っている。ここからは少し離《はな》れたところにある、総合レジャービルだ。

とりあえず、二人はそこを目指すことにした。

ウサギビルがどれかは、すぐにわかった。

「あ、あれじゃないですか？」

レイフォンがそれに気付いて指をさす。それほど高くない細いビルに、二つの細長い風船が飾られていた。ビル内のイベントを宣伝するための風船のようだ。それが、ウサギの耳に見えないこともない。

時計塔《とう》を確認すると、昼食にはやや早い時間だが、早すぎるというわけでもない微妙《びみょう》な時間帯だった。

「僕はもう食べれますけど、フェリはどうです？」

「別にかまいませんけど」

しかしこの辺り、『祭』の屋台はなかったが食べ物屋が意外に多かった。食べ物屋の他にも、服やアクセサリー、雑貨などの小さな店がたくさん並んでいる。ヒップショットボールは今年に入ってからできたレジャービルで、周囲の店もそれに合わせて姿を見せ始めた、いわば新しい繁華《はんか》街《がい》だ。

決めるのに迷っている間に、お昼時をやや逃《のが》してしまった。

「信じられません」

やっと決めた店に入った時、フェリは不機嫌《ふきげん》だった。

「すいません」

レイフォンは体を小さくして謝る。

どこの店に入るか、でレイフォンは選択《せんたく》を任された。サンプルを見ながらフェリの好みを確認しようとして迷い、そうしている間にどの店も混み始め、入りそびれてしまった。

混んだ店に入るのをフェリが嫌《きら》い、さらに選択肢《し》が狭《せば》まった中でなんとか空《す》いている店を見つけた時にはこんな時間になってしまったのだ。

「あなたに圧倒《あっとう》的に足りないのは、やはり決断力ですね」

冷たく切り捨てられ、レイフォンはさらに小さくなる。

「ご注文はお決まり〜……あ」

やってきたウェイトレスの声に、二人は揃《そろ》って顔を上げる。そこにはどこかで見た顔があった。

「……隊長の寮《りょう》の？」

「そうそう。セリナよ〜」

「あ、どうも」

見覚えがあると思ったのだ。

「ここはねー、わたしも少し出資してるの。だからときどき、手伝いに来るの〜」

「はぁ、そうなんですか」

フェリのあからさまなしらけた顔にも、彼女はまるで動じた様子はない。

「そうだ〜、ニーナちゃんのお友達なら、ちょっと新メニューを試《ため》してみてくれないかなー、ジュースなんだけど。試してくれるなら、料理もおごっちゃう」

「僕は、別にかまいませんけど」

無料という言葉に惹《ひ》かれて、レイフォンは頷《うなず》いた。機嫌の悪いフェリは断るが、彼女は残念そうではなかった。

にこにこと笑いながら持ってきた飲み物は、緑色だった。

「あの、これは……？」

「野菜（っぽい）ジュースよ～」

「いま、小声でなにか付け加えませんでした？」

「気のせい気のせい。ささ、ぐぐ～っといって～」

「はぁ」

ニーナの知り合いなのだから、まさか毒なんて入ってないだろう。レイフォンはとりあえず一口……

「……あ」

舌の上、そして口内から喉《のど》に広がる甘さと清涼感《せいりょう》に驚いた。

「美味《おい》しいですね」

「うんうん。さ～、ぐ～っと、おかわりもあるわよ～」

「はい」

そのまま一息に一杯《いっぱい》飲み干し……

グラスを置いたところで真《ま》っ暗闇《くらやみ》になった。

まさしく。グラスを置いたと同時に、額がテーブルを打った。

「………はい？」

さすがに、こんな事態は想定していない。フェリは呆然《ぼうぜん》とその光景を見た。

「なにを、飲ませたんですか？」

まるで慌《あわ》てた様子もなくレイフォンの脈を調べているセリナを、フェリは鋭《するど》く睨《にら》み付けた。

「んっふっふ〜ちょっとした実験〜」

「………」

黙ってポーチから錬金鋼《ダイト》を抜《ぬ》き出す。セリナが意外な速さでその手を摑《つか》んだ。

「なにする気〜？」

「いえ、とりあえず警察を」

「フェリちゃんの損にはならないから、きっと〜」

「なんですか、これは」

手を押さえ続けるセリナの顔と、うつぶせのままのレイフォンを見比べる。

「男気覚醒《かくせい》ジュ〜ス〜」

「は？」

言っている意味がわからない。

「脳内物質とかを調整して〜、その人の性格的男気というか〜性的男性性というか〜セックスアピールというか〜なんかそういった感じのものをキャパいっぱいにまで引き上げるというか〜」

「なにが言いたいんですか？」

「その人の心の壁《かべ》を取り払《はら》って〜すっきりしゃっきり楽しい不純異性交遊のためのお薬を開発しようと思って〜」

「やっぱり警察」

「や〜め〜て〜」

ガタッ。

二人でまたもみ合っていると、いきなりそんな音がした。

レイフォンが起き上がっている。

「あれ、どうしたんですか？」

「……あ、いえ」

返答に窮《きゅう》して、フェリはおずおずと錬金鋼《ダイト》をポーチに戻《もど》す。その動作を利用して視線を外した。

視界の隅《すみ》で、セリナが小さく拳《こぶし》を握《にぎ》りしめている。

「ははは、変なフェリだなぁ」

わ、笑っている。

爽《さわ》やかに、なんだか目をキラキラとさせて、歯までキランとさせて笑っている。

「……レイフォン、あの……」

「どうして、フォンフォンと呼んでくれないんですか？」

レイフォンが不思議そうに問いかけてくる。横で聞いているセリナが「あら～」と口元を押さえている。

「フェリがフォンフォンと呼んでくれなければ、もうこの名前は死んでしまうしかないんだ」

「………………」

（なにを言っているのですか？　この人は？）

いままで、ごく普通《ふつう》にフォンフォンと呼んでいたことが、なんだかとても恥《は》ずかしい行《こう》為《い》のように思えてきた。

「フェリ」

「う……」

「さあ、フェリ」

「うう……」

普段《ふだん》のどこかぼやけたような表情ではなく、戦闘《せんとう》時のように荒《すさ》んだ鋭さでもなく、引き締《し》まった表情をして、それなのに目には優《やさ》しさと自信のこもった笑《え》みを浮《う》かべ、フェリをまっすぐに見つめている。

同じ骨格、同じ肉付き、同じ顔なのに、ここまで違《ちが》う。

「さあ……」

「…………フォンフォン」

「よかった」

にっこりと微笑《ほほえ》まれる。なんだかすごい恥辱《ちじょく》を受けたような気分で、フェリは顔を伏《ふ》せた。

「どうして顔を伏せるんですか、僕のフェリ。さあ、その美しい顔を見せてください」

「うあ、あ……」

（エ、エーリさん）

前日だ。学校で会った彼女に、「明日、レイフォンさんを連れてきたら協力しますよ」と言われ、それに乗った。占《うらな》いをやると言っていたし、そこに連れて行く口実でデートでもすればいい。そういうことなのだと思っていた。あるいは彼女もそれぐらいのつもりだったのかもしれない。

だが、エーリの占いに従った結果、本当に緑の飲み物が出てきて、そしてこの様だ。

レイフォンの混じりけのない純粋《じゅんすい》な瞳《ひとみ》に晒《さら》されながら、フェリはローブ姿の友人を呪《のろ》った。

（恨《うら》みますよ）

だが、彼女は呪われたと聞けば逆に嬉々《きき》としそうだし、そもそも目の前で熱い視線を送ってくるレイフォンが消えてなくなるわけでもない。

料理が運ばれるまでの時間が、恐《おそ》ろしいほどに長かった。

そしてその後も。

「さあ、次はヒップショットボールですね」

「いえ、やっぱり占い通りに行くなんて馬鹿《ばか》げてますからやめませんか？」

「僕と一緒《いっしょ》だと、楽しめませんか？」

「い、いえ、そういうわけではなく」

「それなら、占いに頼《たよ》るとかではなく、僕と一緒に遊んでくれませんか？」

「う、は、はい……」

「じゃあ行きましょう」

たすけて。

そして、ヒップショットボールの名前の通り、ピンを鉄球で倒《たお》すゲームをし……

ガタン……ゴロゴロ。

「……残りましたね」

「大丈夫《だいじょうぶ》、僕に任せて」

ガタン、ガラララン！

「お見事」

「にこっ（キラン）」

「あ、はは、は……」

「僕が投げ方を教えてあげます」

「あ、ありがとう……ございます」

手取り足取り。レイフォンが背後に密着するほど迫《せま》り、手に手を添《そ》えてくる。息が耳にかかる。振《ふ》り返れば邪気《じゃき》のない目が見つめ返してくる。

「どうかしました？」

「い、いえ……」

「あははは、変なフェリだなぁ」

「あ、はは……ははは………」

タスケテ。

そして、夕方。

ヒップショットボールを二ゲームし、それから休憩《きゅうけい》を挟《はさ》んで別のゲームをし……ている間に時間は夕刻になり……

「そろそろ、帰りましょうか」

疲労困憊《ひろうこんぱい》のフェリは、毅然《きぜん》とそれを言うだけで精一杯《せいいっぱい》だった。いつものレイフォンなら間違いなくこれで退《ひ》く。

だが、今日のレイフォンはひと味もふた味も違う。そもそも人格が違う。

「夕食も、一緒に食べていきませんか？」

「え？」

「フェリ……」

もう、その目は『夕食だけじゃ済まさないぜ』という目にしか見えなくて、フェリは硬《こう》直《ちょく》した。

もう、こうなったら占い通りに進むしかない。クラッシュアイテム。エーリはそう言っていたではないか。なにをクラッシュするのか知らないが、少なくともこの現状をなんらかの形でクラッシュしてくれるに違いない。

導き手。導き手はどこだ？

「あれーフェリちゃんじゃん？」

いた。

「あ、お前たち、こんなところでなにしてる！」

「あー、レイフォン！」

振り返れば、シャーニッドを先頭にニーナたち第十七小隊の面々、リーリンに、ナルキの友人であるメイシェンやミィフィが揃《そろ》っている。映画を観《み》た後も一緒に行動していたのだろうか。

「レイフォン！　約束すっぽかしてなにやってたの！」

リーリンに指で胸を突《つ》かれたレイフォンは、その手をぎゅっと握りしめた。

「なっ！」

近づく顔に、彼女もぎょっとした顔をする。

「ごめんよリーリン。君も大事だけれど、フェリがあんまり寂《さび》しそうだったから」

「え？　あ……うあ……え？」

一瞬《いっしゅん》にして混乱に陥《おとしい》れられたリーリンが硬直する。

それを見ていた他の面々も同様だ。リーリンに続いて怒《おこ》るつもりだったらしいニーナが、彼女の後ろで恐ろしいものを見た顔をしている。

もういいや。

フェリは捨て鉢《ばち》な気持ちになっていた。

みんな、巻き込まれてしまえばいいのだ。

†

場所は変わって、以前に祝勝会もしたことのあるシャーニッド行きつけの半地下の店。

今日は休業するつもりだったらしく、店にあの女主人はいない。しかし、シャーニッドが連絡《れんらく》を取って鍵《かぎ》を借り、入ることができた。

あんなレイフォンは普通の店には置いておけないとここにやってきたのだ。

「これはチャンスよ」

ミィフィがひっそりと囁《ささや》いた言葉に、メイシェンは顔が真っ赤になった。

事情はフェリからすでに聞いている。緑色のジュースを飲んでから、レイフォンはおかしくなった。

いま、レイフォンはカウンターの向こうで料理を作っているリーリンに話しかけている。彼女は憮然《ぶぜん》とした顔でそれを聞き流している様子だ。ニーナたちはメイシェンたちとは別のテーブルで、ぐったりとしたフェリを中心になにやら話し合っている。

「チャ、チャンス……って」

ここに来るまでの間、レイフォンは女性陣全《じんすべ》てに、普段の彼からはありえないような口説き文句を囁いていた。ダルシェナにまでそうしたのだ。彼女は「不快だ」の一言で帰って行ってしまった。

あるいは、ダルシェナの態度こそが、この場でのもっとも正しい対処法だったのかもしれない。

しかし、放置されたレイフォンがジュースの効果が切れるまでそんな行動を取り続けたら？　小隊対抗《たいこう》戦での活躍《かつやく》からレイフォンのファンは多い。普段のレイフォンを知らず、試合の時の彼しか知らない女性もいることだろう。そんな女性が、レイフォンの甘い言葉にひっかかったとしたら？

「効果が消えるまで縛《しば》っておくなんてできないしな」

ナルキが渋《しぶ》い顔で呟《つぶや》く。実際、彼女はそれができないかと店に辿《たど》り着く前にこっそり試《ため》そうとしたのだ。

だが、レイフォンに素早《すばや》く気配を察知されてしまった。

その上、ナルキの手を取り「僕はむしろ、君を一晩、僕で縛り付けておきたいな」なんて呟いたものだからナルキはなにもできなくなった。

「野獣《やじゆう》が解き放たれたようなものだな。本能重視になっていたら、それこそ性犯罪者になっていたところだ」

思い出したのか、ナルキは身震《みぶる》いして手にしたグラスを飲み干した。

「だから、チャンスなんじゃない」

ミィフィがまたも主張する。メイシェンはなんのことかわからず、ナルキはいかがわしいものでも見るような目でミィフィを見た。

「既成《きせい》事実よ」

「やっぱりな」

ミィフィの言葉は、すぐにナルキに窘《たしな》められた。

「そんなことだろうと思った。そんな不純なことを友人にやらせられるか」

「なに言ってんの、メイっちはレイとん好きなんだからぜんぜんオーケーじゃない」

「こういうのは順序が大事だろう」

「そんなの気にしてたらレイとんが落ちるわけないじゃん。兵は詭道《きどう》なり、乙女《おとめ》は詭道なり。奇襲伏兵《きしゅうふくへい》だまし討ち夜討《ようう》ち朝駆《あさが》けなんでもありよ」

「はいはい。そう言うのは自分で成功してから言おうな」

「ムキー」

その頃《ころ》、ようやくミィフィが言っていることを理解して、メイシェンはさらに顔を赤くした。

ミィフィは懲《こ》りない。

「とにかく、ジュースの効果がある内に既成事実を作って、それを我に返った時に見せつければいいわけ。朝チュンよ、朝チュン。相手が起きた時に『良かった』とか言えば完璧《かんぺき》よ」

「うん、ミィはちょっと編集部を替《か》えた方がいいな。悪い影響《えいきょう》が出てる」

「ムキー」

朝チュン？

その言葉に反応して、フェリは顔を上げた。

テーブルではニーナがまじめに、シャーニッドがにやにやと、ハーレイがどっちつかずの顔で話し合っている。

「いいじゃん、とにかくすっきりさせちまえばいいんだろ？　そこらの女で済まされるのが嫌《いや》なら、お前が抱《だ》かれちまえよ」

「なんでそういう話になる！」

ニーナが小声で怒鳴《どな》りつけている。その顔は真っ赤だ。

「その人、中和剤《ざい》みたいなものは用意してなかったのかな？」

「あったとしても間に合うかよ」

「ハーレイ、お前は作れないのか？」

「僕は科学系だよ。薬学系は無理だって」

「だから、やっぱすっきりさせちまえばいいんだって。なに、薬でってのが嫌なら、正気に戻《もど》ってから二ラウンド目行けばいいんだから」

「だから、どうしてお前はそういう解決方法しか言わないんだ！」

「それが一番手っ取り早いからだよ」

「モラルをたたき直してやる！」

「おれのジェットマグナムがそう簡単に折れると思うなよ！」

「ねぇ、なんの話してるんだっけ？」

ハーレイの呆《あき》れた声で、フェリはテーブルの会話を意識の外に追い出した。

警戒《けいかい》すべきは、向こうのテーブルだ。

朝チュン、そう言った。言ったのはメイシェンではなかったようだが、メイシェンがその言葉を聞いて、どういう反応を、あるいは行動を取るのかが気になった。

あの女の体を武器にした朝チュン……なんて恐《おそ》ろしい。

(これは、失敗したかもしれません)

状況《じょうきょう》の変化に戸惑《とまど》って冷静な判断が下せなくなっていたのかもしれない。

レイフォンを見る。彼は、一人カウンターに座り、その向こうでフェリたちの夕食を作っているリーリンに話しかけている。フェリの時のような口説き文句のはずだが、彼女は終始不機嫌《ふきげん》な顔をしている。

あの様子ならば、彼女は大丈夫《だいじょうぶ》かもしれない。

そう思っていたのだが……

「リーリン、毎日、君の朝ご飯が食べたいな」

「もう、いい加減にしてよ」

そう言って顔を上げた彼女の頰《ほお》が真っ赤に染まっているのを見た。

彼女も、危ない。

いけない。

フェリは立ち上がった。

メイシェンも立ち上がっていた。

「…………む」

「…………あ」

いや、彼女の場合は立ち上がらされた様子だ。

「あ、リーリン、手伝う、よ」

ミィフィに背を押されたメイシェンはそう言って、カウンターの向こうに移動する。

「メイ、エプロン姿の君が一番かわいいね」

「はうっ！」

カウンター向こうの厨房《ちゅうぼう》にあったエプロンをごく自然に着けようとしていたメイシェンは、それで真っ赤になって硬直した。

なんとかしなければならない。店の中央で立ち尽《つ》くしたフェリはそう考えた。

このままでは、全員が、ここにいる女性陣全員が、レイフォンの毒牙《どくが》にかかってしまう。

UNIVERSITY

シャーニッドの言葉に顔を真っ赤にしたニーナだって、もしかしたら内心では満更《まんざら》ではないと思っているかもしれない。怒った顔のリーリンだって危ない。メイシェンは現在で一番の危険人物だ。

全員揃《そろ》って朝チュン。

それでは、なにも解決しないではないか。

なんとかしなければならない。

しかし、それにはどうすればいいのだろう。

クラッシュアイテム。

黒い飲み物。

そうだ。ここに来る前、それを考えていたじゃないか。クラッシュアイテム。きっといろんなものが壊《こわ》れるのだ。そうに違《ちが》いない。この壊れたレイフォンを中心とした桃色《ももいろ》危険地帯も壊れるに違いない。むしろこれが壊れるに違いない。

そうであれ。

フェリは店内を見渡《みわた》し、飲み物がある場所を探した。客の動き回れるスペースには見あたらない。カウンターの向こう、リーリンの背後に飲み物の入った冷蔵庫が見えた。それだけでなく、というか最初に気付いておかなければならない話だが、ここは酒類も扱《あつか》う店なのだ、壁《かべ》にはいろんな銘柄《めいがら》のお酒が並んでいる。

しかしまさか、例の黒い飲み物はお酒ではないだろう。ここにはツェルニで許された飲酒年齢《ねんれい》に達している者はいない。

厨房に入り、料理をしている二人の背後を通り抜《ぬ》けて冷蔵庫に向かう。メイシェンはカチコチになって包丁を使っている。

「ああ、フェリも僕のために料理を作ってくれるのかい？」

即座《そくざ》に行動。そう決めて、全てを無視するつもりだったのだが、レイフォンのその声で足が止まってしまった。

「嬉《うれ》しいな」

照れた様子もなくそんなことを言う。背筋を突《つ》き抜けた感覚はなんなのか、気持ち悪い怖気《おぞけ》なのか、それとも……

（しかし、こんなことで……）

気持ちのぐらつきを感じて、フェリはそれを振《ふ》り払《はら》うように冷蔵庫を見た。

……ない。

ないのだ。ここにあるのは水と果汁《かじゅう》系のジュースばかりで、赤もなければ黒もなかった。

それならばと壁に並んだ瓶《びん》を見るが、ここにも赤も黒もない。

「シャーニッド！」

フェリは叫《さけ》んだ。

「お？」

「……飲み物はここにあるものだけなのでしょうか？」

「奥に専用の倉庫があるぜ」

シャーニッドの指さした場所には、たしかに通路がある。

フェリは早足でそこに飛び込んだ。

ひんやりとした空気に、蜂《はち》の巣のような瓶の保管のされ方はそこがお酒の貯蔵庫であることを示している。

「ワインセラー」

実家にも父のお酒がこんな形で保存されていた。

「ということはお酒しかないではないですか」

フェリは顔をしかめた。

だが、ワインならたしかに『赤』はある。

「もしかして、これがラッキーアイテム？」

だとすれば、それはそこら中にある。

「しかしそれにしても……」

フェリはざっとワインセラーのワインを眺《なが》めた。瓶の胴《どう》に貼《は》られたラベルに造られた年が記されるのはどの都市でもそう変わりないようだ。飲酒を許された人間が都市のおおよそ三分の一を占《し》めるとはいえ、学園都市で酒造業がこれほど盛んというのも問題があるような気がする。もちろん、実家の商売でも酒造のレシピは扱っているから、決して無駄《むだ》になったりはしないが。

このワインセラーには、古い物では五十年前のものが数本保存されていた。

ワインならば『赤』と『白』だ。

では、ここにも黒い飲み物はないのだろうか？　黒ワインと呼ばれる物もあるにはあるが、あれはあくまでも濃《こ》い『赤』のワインだ。

いや……

「あった」

セラーの片隅《かたすみ》に、それは集められるようにして保存されていた。瓶が透明《とうめい》なことはボトルネックが透《す》き通っていることでわかる。中に詰《つ》められている液体は濃い『赤』のワインではとうてい出せないような『黒』さだった。

「……これですか」

手を伸《の》ばそうとしたところで。

「手伝うよ」

いきなりの背後からの声に、フェリは飛び上がりそうになった。

「レ、レイフォン」

「二人っきりの時はフォンフォン、と呼ぶんじゃなかったかな？　フェリ」

甘い声で、囁《ささや》くように言われる。

「どうして、ここに？」

「だから、フェリ一人でみんなの飲み物なんて重いじゃないか。手伝って当然だよ」

「あ……」

そうだ。この店の女主人がいない以上、料理だけでなく飲み物も自分で用意しなければいけない。フェリはいつの間にか、皆《みな》の飲み物を用意する役目になってしまっていたのだ。

「フェリのか弱い手が重い物で痛むなんて我慢《がまん》できないよ」

そう言って、フェリの手を自分の口元に運ぶ。

ああああああああああああああああああああああああああああああああ！

陶然《とうぜん》としかけた自分を抹消《まっしょう》するために、フェリは脳内であらん限り叫んだ。いまの状態のレイフォンが移動すれば必ず誰《だれ》かが追いかけてきてもおかしくないはずだ。それがない

ということは、レイフォンはおそらく殺到《さっけい》をしてフェリを追いかけてきたのだ。フェリを口説き落とすために。

本気だ。ごく自然に喉《のど》が動いた。

レイフォンは本気でフェリを落とそうとしている。朝チュンしようとしている。

フェリだってはっきりと好意を見せているメイシェンに対抗《たいこう》しようと思うぐらいには彼に執着《しゅうちゃく》していることを認めるのはやぶさかではない。ツェルニへとやって来たリーリンに対してもそうだ。

しかし、そう、しかし、だ。薬に操《あやつ》られているレイフォンに落とされてもちっとも嬉しくないのも事実だ。

「フェリ……」

彼の手がフェリの腰《こし》に回される。キラキラとした瞳《ひとみ》がフェリを吸い込もうとするかのように覗《のぞ》き込んでいる。

いけない。このままでは本当にいけない。

ああ、しかし。ああ、しかし！

ここにはラッキーアイテムがある。『赤』の飲み物がある。

薬で自制を失っているのはだめだ。しかし、二ラウンド目。シャーニッドの呟《つぶや》いた低俗《ていぞく》な発言が頭から離《はな》れない。朝チュン、二ラウンド。それならば……

いやいやいや！

しかしそれでも薬のせいで大事な一ラウンド目を失うということではないか。

『男気覚醒《かくせい》ジュ〜ス〜』

なぜだか知らないが頭の中でセリナの声が再生される。あの時はまじめに聞いていなかったが、いまはなぜか、それを再生して理解しようとしている。

『脳内物質とかを調整して〜、その人の性格的男気というか〜性的男性性というか〜セックスアピールというか〜なんかそういった感じのものをキャパいっぱいにまで引き上げるというか〜』

……ということは、あのジュースによってレイフォンの異性に対しての鈍感《どんかん》さなどを排《はい》し、行動力を手に入れたということになるのだろうか？

それはつまり、行動はアレだが、その行動の原動力たる心は変わっていないということなんだろうか？

だとすれば、いま、目の前に、フェリのために来てくれているという行動は、彼の本来の心の内面を裏切ってはいないということだろうか？

「フェリ……いいかな？」

腰に回った手に力が込《こ》められる。引き寄せられる。彼の澄《す》んだ瞳が近づいてくる。

ああ、いいかな。

そんな風に考えてしま……いかけた。

「いやいやいや」

思わず、声に出た。

そんな解釈《かいしゃく》は、結局自分に都合の良い部分だけを見たいという精神的な作用にしかすぎない。ここに来るまでの間、そして店で、彼はフェリだけでなく他の女性陣《じん》にも優《やさ》しく話しかけていたではないか。

もういい。

もう、いい！

こんなにグダグダと悩《なや》むぐらいなら。

「フェリ？」

「フォンフォン、あの飲み物を全員分、運んでくれませんか？」

やや戸惑《とまど》った様子のレイフォンに冷たくそう言って、フェリはセラーの隅《すみ》にあった黒い飲み物を指さした。

もういい。

みんな、壊《こわ》れてしまえ。

†

ちなみにこの黒いワイン。レシピが都市の外にまで巡《めぐ》ったのだが、その酒造コンセプトが『確実に悪酔《わるよ》いさせる』という実験的すぎる内容だったためにまったく売れず、ツェルニ内でも不人気に終わった酒である。

付けられた名前は『悪童』。

この店の女主人も、特に客に飲ませる気もなく、コレクションとして保存しておいただけの品であった。

†

「…………」

こめかみを押さえて記憶《きおく》を掘《ほ》り起こす作業を、ニーナは止《や》めた。

映画を観《み》にいく約束を、レイフォンがすっぽかしたのまでは思い出せた。その先はいまだに霧《きり》の向こうなのだが、いろいろと思い出したくないことを思い出しそうな気がしたのだ。

「忘れたままの方が、幸せなこともある、はずだ。たまには。うん、そうだ」

なぜか変な汗《あせ》が背中に浮《う》かんでいるのを振《ふ》り払《はら》うように、ニーナは残っていた水を飲み干すと、悪い夢を見ていそうな全員の寝顔《ねがお》さえも見ないようにし、再びテーブルに突《つ》っ伏《ぷ》すのだった。

ザ・ローリング・カーニバル

その日、第十三代新生徒会史において、一つの、公然とした隠蔽《いんぺい》事件が起きた。

旧生徒会、そして現在の新生徒会。学園都市ツェルニが誕生し、学生たちが集まり、生徒会が結成されてからいままで、代々の生徒会書記の日誌という形で積み上げられたその歴史には、日々の学内のイベントから会議の内容、各学科生徒の成績状《じょうきょう》況、発表された論文及《およ》び研究内容の概要《がいよう》、都市警察から報告される数々の事件やその経過にいたるまで、ことこまかに書き記されており、その日誌は図書館に行けば普通《ふつう》の生徒が閲覧《えつらん》することが可能な、いわばツェルニの歴史書とでもいうべきものだ。

生徒会の活動については小さなことまで詳細《しょうさい》に記されているその日誌に、ついにそのことは書かれなかった。

そしてそのことについて、誰も責める者はいなかった。

この時ばかりは、会長のカリアン・ロスでさえも、書記のその独断的な行為《こうい》を責めることはできなかった。

十日前

「祭をしようか」

　会議室で、ぽつりとカリアンが呟いた。

　武芸科長のヴァンゼ・ハルディがこれまでの武芸科の訓練状況を報告し、その後で各学科長の報告を聞いた後でのことだ。

　今年は武芸大会の時期であり、保有セルニウム鉱山が一つとなっているツェルニにとっては、一敗とて許されないような状況だ。幸いにも学園都市マイアスとの戦いでは勝利し、一息つける状況とはなった。だが、武芸大会そのものが終了《しゆうりよう》したわけではない。気が抜《ぬ》けない状況であることには変わりなく、だからこそ武芸科生徒たちの訓練には余念がない。

　だが、そのためだけに学生たちがここで生活しているわけではないのも、学園都市ならではの事情ではある。

　続いた各学科長からの報告が、それだ。

「こんな時にか？」

　ヴァンゼが苦い顔でカリアンを見つめた。

「こんな時だからこそ、だよ」

武芸大会に向けての大規模な訓練は、それをサポートする各学科にも負担を強《し》いている。武芸者たちの扱《あつか》う錬金鋼《ダイト》の調整、戦闘衣《せんとうい》の修繕《しゅうぜん》・生産、野戦グラウンドの整備、都市内の防衛設備のメンテナンス、医療品《いりょう》の補充《ほじゅう》、訓練時に生じる怪我《けが》人のためのスタッフ配備等、彼らが行動するだけで各学科も動かなければならなくなる。

「必要なことだろう？」

「必要なことさ。しかし、必要であることと、心の潤《うるお》いは別の問題だよ」

ヴァンゼの態度に苦笑《くしょう》を示し、カリアンは続ける。

「実際、後方支援《しえん》として最も動いてもらわなければならない熟練者たちは六年生だ。しかし彼らには、卒業に向けての最後の研究などもある。それ以外の学生だって、普段《ふだん》の生活に圧迫《あっぱく》感があれば落ち着かない。小さないざこざが増えてきてもいるのではなかったかな？」

都市警察の長官も務めているヴァンゼとしては、それを否定できない。

「だからといって、六年生たちに手を抜いていいなどとは言えない。ならば、鬱屈《うっくつ》を解消する場所ぐらいは、私たちが提供すべきだよ」

「それが祭か？」

「祭さ」

「しかし、それほど長い期間をかけてもいられないのでは？」

他の学科長が手を挙げる。カリアンはそれに頷《うなず》いた。

「もちろん。準備期間は一週間ほどかな。その間は授業もある程度は免除《めんじょ》しよう。問題は資材の方だが……」

「簡易テントや屋台用のキットは保管されている。貸し出しに上限を設けて新たに作る必要がないとすれば問題はない。あとは、広場などで使う舞台《ぶたい》用の資材や組み立ての人員だが、まぁ、成績に色を付けるという条件でも出せば、動きたがる連中はいくらでもいるだろう」

日に焼けた建築科長の言葉は祭に対する肯定《こうてい》を示していて、カリアンは微笑《びしょう》を浮かべる。

会議場を見渡《みわた》せば、苦い顔をしているのはヴァンゼ一人という状況だ。

「武芸科は……」

「都市内を使う訓練はなしでいこう。できればある程度は訓練も手を抜いてもらえるとありがたいね。彼らに油断してもらっても困るが、かといって張《は》り詰《つ》めたまま一年を過ごさせるのも無理がある」

被《かぶ》せるように言ったカリアンの言葉でヴァンゼの額の皺《しわ》が深くなる。カリアンの生徒会長選挙の時から彼に付き従うナンバー2の動向に、他の学科長たちや生徒会のメンバーは固唾《かたず》を呑《の》んで見守った。

「委員長会議が通ればの話だ」

「もちろん、それは私に任せてくれ」

ヴァンゼが腕《うで》を組んで着席し、周りから安堵《あんど》の息が零《こぼ》れる。

カリアンは大きく頷いて、請《う》け合った。

九日前

この日に行われた、全学年のクラス委員長による委員長会議でもカリアンによる生徒会からの提案は通り、『祭』の開催《かいさい》は正式に決定した。準備期間は開催の一週間前からとし、事前に掲示板《けいじばん》やクラス、生徒会に登録されたサークルに連絡《れんらく》を通し、出店やイベントの参加要請《ようせい》は募《つの》っておく。

八日前

準備期間が短いためか、あるいは生徒たちもこの時を待っていたのか、参加希望書はすぐに生徒会室に山と積まれることとなった。

集まった参加希望書から、出店場所や時間表を作るという事務的作業が始まる。一度決まっても、今度は各参加者やサークルが単独で出店場所の入れ替《か》えを行ったり、変更《へんこう》を生徒会に訴《うった》え出たりもする。

それらの対処で生徒会は忙殺《ぼうさつ》されることになる。

五日前

「わたしたちでもなにかしませんか？」

日も落ちた時間。校舎の明かりもほとんど落とされているのだが、外を覗《のぞ》けばあちこちの校舎に明かりが点《つ》いている。

さすがにこの時間は調停や交渉《こうしょう》ごとの仕事はなくなっているが、今度は出店場所や時間表の変更を仮組みとはいえ記しておかなければならない。

それに、『祭』の準備期間中だからといって日々の業務がなくなるわけでもない。

生徒会の執務《しつむ》室ではいつも以上にあちこちに書類が溜《た》まり、それを黙々《もくもく》と片付けていく作業が続けられていく。

その提案は、お茶を運んできた書記の女性が言ったものだった。

「なにか、とは？」

休む時は休むという、生徒会代々の教えにそってお茶の香《かお》りを楽しんでいたカリアンは、書記の女性を見た。

「こんな状態ではさすがになにか準備をするというわけにもいかないよ」

カリアンは書類が山積した自分の机の上を目で示した。

「ええ。ですから、特に準備や時間を設けての練習も必要なく、皆《みな》の持ち物や特技を集めてできることとです」

「ふむ……そんなものがあるかな？」

生徒会メンバーの経歴を全《すべ》て頭に収めているカリアンは、彼らの特技を頭に思《おも》い浮かべてみた。しかし、すぐにはそれらが組み合わさらない。

「ふむ……？」

首を傾《かし》げるカリアンだが、目の前の書記は自信のある笑《え》みを浮かべている。

「君には、なにか考えがあるように見えるが？」

「はい、バンドを組んでみてはどうでしょう？」

「バンド？」

「ええ。シェリルがピアノを、ミリアリアがベースを、ロクシェラはドラムができます。わたしもギターが弾《ひ》けますので」

「君がギターを？」

「はい。意外ですか？」

「意外だね」

それは、経歴には記載《きさい》されていなかった。

目の前にいる書記……セリーヌは、長い黒髪《くろかみ》の、深窓の令嬢《れいじょう》という言葉が相応《ふさわ》しい雰囲《ふんい》気《き》の女性だ。なにか楽器ができたとしても不思議ではないが、しかしまさかギターだと思う者はいないだろう。実際、経歴の方では実にお嬢様らしい楽器のことが書かれている。

「ツェルニに来てから習いましたから」

「そうか」

思わぬ提案だが、書記の女性、そして名を挙げられた彼女ら、生徒会書記チームにとっては意外なことではないようだ。

「わたしたちにも息抜きは必要かと思いますが？」

「それもそうだがね。しかし、いまのままではボーカルがいないようだが？」

「…………」

微笑《ほほえ》んでこちらを見つめたままのセリーヌに、カリアンは嫌な予感に凍りついた。

そこで鈍感《どんかん》になれないのが、あるいはカリアン・ロスの不幸なのかもしれない。

「まさか？」

「ええ」

「冗談《じょうだん》だろう？」

「冗談ではありません」

「…………」

カリアンはこめかみを押さえて首を振《ふ》った。

「おいやなのですか？」

「……これでもあがり性《しょう》なんでね」

「まさか」

冗談と受け取ったのか、セリーヌは笑う。

「やあ、諸君、お疲《つか》れ様だね」

そこに、ヴァンゼが彼の小隊の隊員であるラファエラを連れてやって来た。無骨な大男の隣《となり》であろうとも、彼の華《はな》やかな雰囲気は室内のやや疲れた雰囲気に色を添《そ》える。

その手にはお土産《みやげ》のケーキの箱があり、書記チームが嬉《うれ》しそうに声を上げた。

だが、セリーヌはカリアンの側《そば》から離《はな》れない。

「見回りを手伝ってくれたのかな、ありがとう」

「いやいや、愛《いと》しの君と夜のツェルニを共に歩くというのも乙《おつ》なものだよ」

隣のヴァンゼが苦渋《くじゅう》に満ちた顔をしているがラファエラはご満悦《まんえつ》の様子だ。

「ところで、部屋の外まで漏《も》れ聞こえていたのだけれど、生徒会もなにかをするつもりなのかな？」

他の書記が二人のためにお茶を淹《い》れ、ラファエラが手ずからケーキを分けていく。

「ええ、バンドをやろうと思っています」

ケーキを受け取り、セリーヌが答えた。

「ほう、バンド。音楽は良い。心を自由にしてくれるからね」

「ラファエラ君もなにかするのかな？」

「うん、私も歌劇をね。一人芝居《しばい》なのだが、管弦楽《かんげんがく》サークルと共同でやるつもりだよ」

「それは手が込《こ》んでそうだが、準備は大丈夫《だいじょうぶ》なのかい？」

「前々から準備はしていたのだよ。サークルの指揮者は入学時からの知り合いだからね。ともに曲を作り、衣装《いしょう》のデザインも以前から考えていたものを発注した。卒業前にもう一度やるとして、今回は予行演習も兼《か》ねているのさ」

「すごそうですね」

「うむ」

セリーヌの言葉にラファエラは機嫌《きげん》よく頷く。

「なにしろ、私のこの六年の総決算を行おうというのだからね。ため込んだ貯蓄《ちょちく》を全て放出して衣装を作ったからね」

嬉々《きき》として語るラファエラの後ろでヴァンゼの表情がどんどん苦々しくなっていく。その変化が、ラファエラの演《や》ろうとしているものを示している。

「夢の世界で、私は変わることのない愛を歌うのさ。そう、君のために！」

ラファエラのポーズ付きの熱い視線から逃《に》げるため、ヴァンゼは天井《てんじょう》の端《はし》を眺《なが》めた。

愛しの君のつれない態度に屈《くっ》することなく、ラファエラは話を続ける。

「それで、生徒会バンドは誰《だれ》が歌うのかな？」

「もちろん、会長です」

「…………」

セリーヌのにこやかな笑顔は、すでにそれを決定事項《じこう》として扱《あつか》っていた。第三者に宣言することで既定《きてい》事実にまで押し上げるつもりなのだろう。

「いや、私はまだ……」

「うむ、それは素晴《すば》らしい。指導者が余興を行うというのも、いかにも『祭』らしくていいのではないかな」

「そうかな？　こういうときこそ、私たちは裏方に徹《てっ》するべきだと思うが……」

「それもまた真理だね。だが、私たちは学生なのだよ。そして『祭』を楽しむというのは実に学生らしいのではないかな。一般生徒《いっぱん》たちはそういう、会長の学生らしい部分には安心すると思うのだがね」

ラファエラのその言葉に、カリアンは深く唸《うな》るように声を漏らした。

四日前

着替《きが》えを取るために、カリアンは早朝にマンションへと戻《もど》った。書記チームはヴァンゼたちに送らせてそれぞれの部屋へと帰したが、カリアンは生徒会長室に寝泊《ねと》まりして夜遅《よるおそ》くまで執務をこなす。

マンションでは、妹のフェリが朝食を摂《と》っていた。

「やぁ、おはよう」

声をかけてみるが、妹からの返事はない。普段《ふだん》なら朝の挨拶《あいさつ》ぐらいは普通に返ってくるものだが。

不機嫌の理由は、なんとなくだがわかっている。

まさかこのタイミングで『祭』なんて……と思っているに違《ちが》いない。

ついこの間、彼女は『念威《ねんい》少女・魔磁狩《マジカル》フェリ』という映画に参加させられたばかりだ。

作られた以上、上映は決まったようなものだが、それにタイミングを合わせるような形で『祭』が行われるなんて思っていなかっただろう。

妹への嫌《いや》がらせと受け取っているに違いない。

そんなわけがないのだが、彼女がそう思うのも無理はない。実際、彼女の出演依頼《いらい》を承諾《しょうだく》したのはカリアンなのだ。被害妄想《ひがいもうそう》が膨張《ぼうちょう》して陰謀《いんぼう》論めいて考えるのもごく当然の流れかもしれない。

恨《うら》みのこもった沈黙《ちんもく》にカリアンは用事を済ませて逃げ出すことに決めた。

それを止《や》めたのは、どういう心境の変化なのか。

「この間は、すまなかったと思う」

妹へと目を向けず、ドアに向かって話しかける。視界の外で彼女がどんな顔をしているのかはわからない。だが、いつもの無表情をわずかに歪《ゆが》めたのではないか、そんな希望を抱《いだ》きながら言葉を繋《つな》げていく。

「映画の方はともかくとして、重晶錬金鋼《バーライトダイト》の実験には興味が惹《ひ》かれてね。念威の増幅器《ぞうふくき》だけでも実用化にこぎつけることができれば、君の負担が減ると思ったのだが」

「……あの人の本性《ほんしょう》を見誤ったのですか。あなたらしくもない」

「いや、見誤ってはいないよ。彼がそういう人物であることなんて、企画《きかく》の段階でわかっていたことだ。だが、彼の重晶錬金鋼《バーライトダイト》での実績は現在のツェルニでは他に比肩《ひけん》する者がいない。彼の企《たくら》みに乗ることでしか、実験は行われなかったのだよ」

「ふん」

「あの重晶錬金鋼《バーライトダイト》。飛行能力や雷因性砲撃《らいいんせいほうげき》は見送られたが、増幅器は実用化に向けて開発が行われている。場合によっては剄羅《けいら》砲並みの大きなものになるかもしれないが、あるいは君の負担が減ることになるかもしれない」

「期待しないでおきます」

妹の態度はあくまでも素《そ》っ気《け》ない。それでも、返事が来るだけマシになったとカリアンは判断した。

妹から声がかかったのは、ドアに向けて歩き始めてからだ。

「……なにかあったのですか？」

こちらの弱気を悟《さと》られたか、カリアンは苦笑《くしょう》した。しかし足は止めない。

「いや、やりたくないことをやらされる君の境遇《きょうぐう》を少し理解した気になっただけだよ」

振り返る気配がした。しかしカリアンはそんな妹の顔を見ることなく、荷物を抱《かか》えて部屋を出た。

路面電車をサーナキー通りで降りたカリアンは、通りを見物しながら学校に向かった。

すでにあちこちで『祭』の準備が行われている。いまも資材を運ぶ車両が通りに乗り入れ、それを建築科とおぼしき生徒たちが運んでいく姿があった。カリアンはそれを眺めながら生徒会棟《とう》に向けて歩いていく。

自分が開始を宣言した『祭』ではあるが、街の様相が変化していくこの活気は、いつ見ても新鮮《しんせん》なものがある。

広場を通り抜《ぬ》けようとすると、そこは工事によって立ち入りを禁止されていた。広場の中央に鉄骨の骨組みが形成され、舞台《ぶたい》が作られている。

「おう、会長」

道を変えるために立ち去ろうとしたカリアンに声をかける者がいた。

建築科長だ。

作業着にヘルメットを被《かぶ》った建築科長は、日に焼けた黒い顔とは対照的な白い歯を見せて笑っていた。

「やあ、作業の方はどうかな？」

「事故はなし。順調なものだ」

「資材の方は？」

「足りている。木材ならば都市の有機層を利用した培養《ばいよう》場があるからな。もとより豊富だ。

加工木材の備蓄《びちく》は十分すぎる。ツェルニは元気だ」

建築科長の言葉に、カリアンは興味を覚えた。

「都市が元気かどうか、君にはわかるのか？」

「おおまかにだがな」

朝だというのに建築科長の黒い顔は汗《あせ》で濡《ぬ》れている。首にかけていたタオルでそれを拭《ぬぐ》い、言葉を続けた。

「培養場を覗《のぞ》けばわかる。さっきも言ったが、あれは都市の有機層を利用しているからな。いわば、都市の傷を治す力ということだ。人間だって、調子が悪ければ怪我《けが》の治りが悪いだろう」

「ふむ」

「その証拠《しょうこ》に、あの、都市が暴走してた頃《ころ》は培養場の調子も悪かった」

「それは、聞いてないが？」

「培養場の生産効率が落ちていることは報告してるだろう？　それ以外はあくまでもおれの感想だ。機関部の奴《やつ》らのような専門的で理にかなった話というわけでもない」

建築科長の言い分ももっともだ。

「ここ数日は特に調子が良い。もしかしたら、電子精霊《せいれい》もこの『祭』を楽しみにしているんじゃないのか」

「楽しみにしているか、なるほど」

機関部からの報告と照らし合わせてみても、それは納得《なっとく》できる言葉だ。他の電子精霊は知らないが、ツェルニの電子精霊は好奇心《こうきしん》が強いらしいことはわかっている。新入生の入る年度初めの辺りなどは、電子精霊不在による機関部の不調がよく起こるというのが、その証拠だろう。

「お前さんも気張らないとな」

「ああ、それはもちろんだ」

「なにしろこいつは、お前さんが立つ舞台だ」

「……なんだって？」

生徒会として『祭』を成功させる。建築科長の言葉はそれを示しているのだと思った。だから頷《うなず》いたのだ。

しかし、それとは別の意味があったようだ。

「なんだ、知らんはずはないだろう？　ここは軽音サークルをはじめとした、飛び入り参加自由のライブ会場になるんだぞ。お前さんらのバンドもここでやる」

立ちくらみがした。

「その話はいつ？」

だが、ここで倒《たお》れるようなことはできない。カリアンのように広場が立ち入り禁止となっていることに気付かずにやってきて、立ち去る生徒もいる。広場の中で作業中の者もいる。そんな衆目の中で生徒会長であるカリアンが倒れるわけにもいかない。

「ん？　お前さんが来るよりも早くに書記の奴が来て伝えてきたぞ」

セリーヌだ。

「お前さんたちもたまには弾《はじ》けてみないとな」

どうやら建築科長も肯定《こうてい》的らしく、肩《かた》を叩《たた》かれた。カリアンはなんとか平静を保ち、その場を去る。

その後、登校中のカリアンに声をかけてくる者の、およそ六割が生徒会バンドのことを話題にした。

いかん、追い込まれている。

生徒会棟に向かいながらカリアンは額の汗を拭った。その汗は、決して夏期帯の暑さだけが理由ではない。

セリーヌ……だけではない書記チーム全てが気のない返事をしたカリアンを追い詰《つ》めるため、外堀《そとぼり》を埋《う》め始めたのだ。決定を確実化するために周知の事実とすることで、生徒会の威信《いしん》を気にかけるカリアンが逃《に》げられないようにする気なのだろう。

「なんとかしなければ、なんとか……」

ひとり呟《つぶや》きを繰《く》り返しながら、生徒会棟に入る。

すでに仕事の準備を始めていた事務課の生徒にまでバンドの応援《おうえん》をされ、それに彼らしくないなんとも煮《に》え切らない笑《え》みを返しながら生徒会長室に辿《たど》り着く。

隣《となり》の、普段は休憩《きゆうけい》室として使われている空き部屋が騒《さわ》がしい。何人もの外部の生徒がなにかを運び込んでいた。

覗いた。

カリアンが仮眠《かみん》のために使っている大きなソファが端《はし》に寄せられ、テーブルも片付けられ、代わりに立派なドラムセットが組み上げられ、巨大《きよだい》なアンプが並び、楽器がスタンドに置かれている。

燦然《さんぜん》と輝《かがや》くマイクスタンドが中央に置かれる様に、とめどなく汗が溢《あふ》れてくる。

生徒会室に入ると、そこはまだ無人で、昨日の内に片づけられなかった書類が机の上に積まれている。

いつもの、ごく当たり前の光景に、ここまで心が穏《おだ》やかになるのは初めての体験だった。

机の隣に着替《きが》えの入ったバッグを置き、椅子《いす》に座る。慣れた座り心地にほっと息を吐《つ》く。

ふと……昨夜にはなかったものが机に置かれていた。

データチップとクリップでまとめられた……五線譜《ごせんふ》。

添付《てんぷ》されたメモ用紙に『演奏予定の曲です。歌詞を覚えておいてください』と記されている。

「…………」

セリーヌの流麗《りゅうれい》な文字に、もはやカリアンには出てくる言葉がなかった。

三日前

『祭』の準備は、もはや仕上げの段階に入っていると言っても過言ではない。事務的に処理するべきことはほとんどなく、各イベントのスケジュールは完璧《かんぺき》に組み立てられ、残るは各所の舞台を組み上げる者たちが滞《とどこお》りなく仕事を行えるようにするだけとなっている。

そのスケジュールの中にはしっかりと生徒会バンドの出番が記されている。

カリアンの心労は極限に達しようとしている。

生徒会長室に置かれたプレイヤーからは、バンドが演奏する曲が流れている。歌はない。主旋律《しゅせんりつ》は電子音によって奏《かな》でられていた。

「もしかして、君たちが作曲したのかい？」

尋《たず》ねると、ピアノを担当するシェリルが恥《は》ずかしそうに俯《うつむ》いた。

「そ、そうか。いい曲だと思うよ」

曖昧《あいまい》な笑みしか出てこない。

どうすればいいのか？

すでにカリアンの脳裏《のうり》にはそのことしか頭にない。生徒会の執務《しつむ》はおよそ一時間ごとに小休止を、三時間ごとに休憩をとるようにしている。

小休止の度《たび》に、書記たちは隣の臨時スタジオとなった空き室へと入っていく。生徒会棟全体にある程度の防音素材が使われているとはいえ、さすがにバンドの演奏までは考慮《こうりょ》に入れられていない。駆《か》け抜けるギターの音が、流れるようなピアノの音が、ベースとドラムの地を支えるリズムが壁越《かべご》しに生徒会長室に流れ込んでくる。

その度にカリアンは頭を抱える。

書記たちは一度誘《さそ》っただけで、それ以後は決してカリアンに声をかけることはなかった。そして決して、仕事を怠《おこた》るわけでもない。いつも通りに事務的な仕事をこなし、お茶を淹《い》れ、やってくる者と交渉《こうしょう》し、会長であるカリアンに書類を運び、あるいは承認を求め、相談を持ちかけてくる。仕事中は決してバンドのことは口にしない。ただ休憩時間となれば、申し合わせたかのように黙《だま》って隣室《りんしつ》に赴《おもむ》き、そして遠慮《えんりょ》のない演奏が壁をすり抜けてカリアンの鼓膜《こまく》を揺《ゆ》さぶる。

どうすればいいのか？

一日前

結局、一度も練習には参加していない。

『祭』は明日となり、もはや事務的なことでやることはなかった。『祭』以後に行うべきことを処理していく、いつもの生徒会の仕事風景が戻《もど》ってきているとも言える。

だが、隣室はスタジオと化したままだ。

カリアンは生徒会棟で寝泊《ねと》まりすることをやめた。やるべきことを済ませるとそそくさとマンションへと帰る。いつもはいない兄がいることに、妹は迷惑《めいわく》そうに部屋へと引っ込むが、そんなことは些細《ささい》なことでしかなかった。

生徒会室にはいつも通りの静寂《せいじゃく》があった。書記チームもプレイヤーで曲を流すことをやめ、今は黙々《もくもく》と仕事をこなしている。

静寂で平穏《へいおん》な仕事風景。

だがそこに、いつもとは違《ちが》う張りつめた緊張感《きんちょうかん》が隠《かく》れていることは否《いな》めない。

もはや、書記チームもわかっているのだ。

カリアンが、本気で生徒会バンドとして出演することを嫌《いや》がっていることに。

明日……だ。おそらく、今夜は最後の総仕上げの練習を行うだろう。

今日も、早く帰らなくては。

そして。そして……？

明日は必ずやってくる。

もはや、スケジュールの変更《へんこう》は許されない。ここまで、カリアンは強硬策《きょうこうさく》を採って生徒会バンドの中止を命令しなかった。しなかった以上、それは行われるべきことだ。完璧主義の傾向《けいこう》を持つカリアンとしては特別な理由もなく中止になどできない。

ならば、やらなければならない。

舞台《ぶたい》に立ち、マイクスタンドの前に立ち、歌わなければならない。

考えただけで、圧迫《あっぱく》感で体が破裂《はれつ》しそうな気分になる。

(明日、汚染獣《おせんじゅう》でも襲《おそ》ってこないかな)

そんな、子供のような妄想《もうそう》を思い描《えが》きながら、しかし顔にはそれを全く表さず、書類に立ち向かっていく。

(いやいや、さすがにそれはやりすぎか。ならば、学園都市が来れば武芸大会で中止になる。……いや、しかしそれでは延期となるだけか。そうなると、やはり汚染獣か。侵入《しんにゅう》さ

れ、都市内にある程度の被害《ひがい》が出れば、もはや『祭』どころではないな）

想像する。汚染獣の接近を許し、外縁部《がいえんぶ》で迎撃戦《げいげきせん》となる。武芸科の生徒たちが立ち向かい、しかし抗《こう》しきれず侵入を許す……

いや、許されることはない。

妄想の中においても、カリアンは完璧主義であった。ツェルニの戦力を冷静に計算し、それにいままでの迎撃戦の経験を考慮し、過程と結果を導き出す。

不意打ちによる外縁部迎撃戦はありえる事態だ。都市外に広域の警戒網《けいかいもう》を張れるのはフェリだけだ。現在でも念威繰者《そうしゃ》や探査機による警戒《けいかい》を行っているが、それとて万全《ばんぜん》ではない。

だが、都市内への侵入を許し、しかし軽微《けいび》な被害で済ませるという事態となるのは、かなりの低い確率だ。

なぜならば、このツェルニにはレイフォン・アルセイフがいるからだ。

槍殻《そうかく》都市グレンダンという強者《つわもの》の住まう都市で、天剣《てんけん》授受者という栄誉《えいよ》を若くして受けた男、そしてその栄誉を失墜《しっつい》し学園都市へと流れてきた武芸者がいる。彼にとってみれば幼生体の群れなど数だけの鬱陶《うっとう》しい存在となり、成長した雄性体《ゆうせいたい》さえも相手にならない。老生体を倒すには装備の理由で苦戦したようだが、ただでさえ遭遇《そうぐう》率の低い汚染獣との戦いで、その中でも特異な存在である老生体との戦いが明日起こるなど、確率的にはないに等しいだろう。

(おのれ、レイフォン・アルセイフ)

ツェルニにやってきたのは偶然《ぐうぜん》とはいえ、その彼を徹底《てってい》的に利用しようとする当人の発言ではない。

「あの、会長」

気がつけば、セリーヌが目の前に立っていた。

「ん、どうかしたかい?」

妄想上の憎悪《ぞうお》を霧散《むさん》させ、カリアンは顔をあげる。彼女の表情は憂《うれ》いに沈《しず》んでいた。

「あの、今夜の練習には参加してもらえないでしょうか?」

控《ひか》え目な彼女の発言に、書記チームの息を呑《の》む様子がうかがえた。

「練習できるのは今夜だけです。お願いします。練習に参加してください」

頭を下げられ、カリアンは絶句した。この言葉を言わせる前に退散する。それがカリアンの当初の目論見《もくろみ》だった。それが、あまりのストレスで現実逃避《とうひ》していたがためにその機を逃《のが》してしまったのだ。

(しまった)

表情にでないように気をつけながら、カリアンはセリーヌへの言い訳を必死に組み上げていく。

だが、先に言葉を繋《つな》いだのは彼女の方だ。

「会長が乗り気でないことは承知していました。しかし、わたしたちも生徒会の活動以外で『祭』でなにかをしたかったんです。綿密な練習を必要としないものとして、わたしたちには楽器がありました。それが軽率《けいそつ》な選択《せんたく》であったことはお詫《わ》びします」

セリーヌの言葉はカリアンを追い詰《つ》めていく。

「やめてくれたまえ」

「いいえ、会長のお気に召《め》さないことをお願いするのです。何度でも頭を下げさせていただきます」

追い詰められていく。

「私の気持ちを察してくれるというのであれば、私を抜《ぬ》きにしてくれればいいのではないかな？　ボーカルだ。楽器を弾《ひ》きながらそれをこなすことだってできるだろう」

その言葉に、セリーヌだけでなく他の書記たちも顔を伏《ふ》せた。壁越しとはいえ彼女たちの技量は耳にしている。楽器を弾きながら歌うことだって不可能ではなさそうに思えるだけのものがあった。

「……それは、できるとは思います。ですが、そういうことではないのです」

「どういうこと……いや、それは聞かないでおこう。とにかく、私抜きでできるというのならば、それでやりたまえ」

カリアンは立ち上がる。

はやく。はやくこの場から逃《に》げ出さなくては。

机のそばに置いてある鞄《かばん》を手に取り、立ち上がる。まだ済ませなければならない仕事はあった。だが、明日に回しても問題はない。とにかくいまは、たとえこの場の悪者が自分になったとしてもはやく逃げ出さなくては。

「わたしたちは、会長となにかをしたいんです！」

叫《さけ》んだのはシェリルだった。控え目な彼女の必死な言葉が、カリアンの良心を無理矢理に引きずり出す。

（ちぃっ！）

内心で舌打ちをする。

（どうした？　カリアン・ロス。動け、カリアン。貴様はこんなところで足を止めるような人間ではないだろう？　都市の平和のため、平気で妹を、そして学生一人の人生を歪《ゆが》めてしまうような悪人だろう。かまうものか。動け。歩け。そのドアに手を伸《の》ばせ）

だが、動けない。

シェリルの言葉が続く。

「わたしたちは会長と思い出を作りたいんです。生徒会の活動も楽しいですけど、もっと、学生らしい思い出も欲《ほ》しいんです」

動け、カリアン・ロス。

動けない。足は地面に根を張ったように離《はな》れない。足が動かないのなら手だ。ドアに手を伸ばせ。どうにかしてこの空間から抜け出すのだ。

「お願いします！」

書記たち全員が立ち上がり、カリアンに頭を下げる。

「私は、歌えないのだ！」

叫んだ。それが起因となって足が動く。手が動く。足早にドアの前に移動し、生徒会室を抜け出していく。

振《ふ》り返ることなく、カリアンは自分のマンションに向かっていった。

当日

開始を宣言する。

都市内放送用のスピーカーから発せられた会長の宣言に、都市のあちこちで歓声《かんせい》が上がる。屋台が客寄せの声を張り上げ、宣伝用の風船が宙を舞《ま》う。音だけの花火があちこちで弾《はじ》ける。

都市を覆《おお》う活気のある雰囲気《ふんいき》と反比例するように、放送室に流れる空気は重苦しかった。気まずい空気から逃げるようにカリアンは放送室を出る。書記の誰《だれ》も、追いかけてくる者はいなかった。

(これでいい)

満足感はほんのわずか。胸中をひどく苦いものが占《し》めていた。罪悪感と後ろめたさ。学生ばかりの都市とはいえ、政治は政治。決してきれい事だけでは済まされない。こんな気持ちになったのはいまが初めてではない。だが、今日のそれはひどく後に残る苦さをカリアンに与《あた》えてくる。

書記たちはバンドの準備のため、広場へと向かわなければならない。『祭』中に起きるもめ事を処理するのは都市警察の仕事だ。

もはや、『祭』の中でカリアンが行うべき仕事はない。生徒会室に戻《もど》って昨夜の仕事の続きをするか？　そう思いはしたが、実際にカリアンが向かったのは生徒会棟《とう》の外だった。校舎区内にある公園だ。昼休憩《きゅうけい》などの憩《いこ》いの場だが、今日は人がいない。講堂のいくつかで文化系サークルがイベントを行う予定になっているはずだが、ここは今日の生徒たちの行動半径の外となっている。誰も来るはずがないと、最初からわかっていた。

ベンチに腰《こし》を掛《か》け、空を眺《なが》める。『祭』を行うにはもってこいの天気だった。

「まったく、なにをやっているのだ、私は」

思わず、呟《つぶや》いてしまう。

いまでもまだ、出るなどという選択肢《せんたくし》はない。出ると言えばよかったという後悔《こうかい》もない。全員の意見をまとめる手間を省き、相手に逃げの選択肢を与えたセリーヌたちの作戦負けだと思っている。

それでも、苦々しさは消えない。

いつもなら書記たちと巡回《じゅんかい》と称《しょう》して『祭』見物をしているだろうこの時間を無為《むい》に潰《つぶ》すしかないいまの境遇《きょうぐう》がそれを与えているのだとわかっている。

空を眺める。

その色が夕暮れの雰囲気を宿し始めるまでにひどく長い時間がかかった。

視界の端《はし》に人の姿が現れたのを見たのは、その時だ。

誰かわかった時には、逃げることをあきらめた。そんなことはするだけ無意味という身体能力の決定的な差がはっきりとわかったからだ。

「こんなところにいたのか」

ヴァンゼが呆《あき》れた顔でベンチに座ったままのカリアンを見下ろした。

「無駄《むだ》に走り回ったぞ」

「巡回していなくてもいいのかな、武芸科長？」

「約束を反故《ほご》にしている会長には言われたくないな」

ヴァンゼは隣《となり》に座ることなく、カリアンの前に立つ。

「書記たちが暗い顔をしていたからな。事情は聞いた」

「ならば、私が悪いわけではないのは、わかっているだろう」

「部下の責任を、上司が放棄《ほうき》している図であることは、確かだな」

「なんだって？」

「スケジュールの訂正《ていせい》を行わなかった。お前の職務怠慢《たいまん》だろう？」

「…………」

返す言葉もなく、カリアンは黙《だま》るしかなかった。

「お前らしくもない。やりたくないのならば、採るべき手はいくらでもあっただろう」

「そうは言うがね、彼女たちの熱意を無下にもできなかったんだ」

「ならば責任はお前がとるべきだ。『祭』の開催《かいさい》を決めたのはお前だ。それなのに、お前が『祭』に泥《どろ》を塗《ぬ》るのか？　あってはならんことだろう？」

「しかし……」

「歌えないと言ったそうだな」

「………ああ」

「お前、もしかして……」

ヴァンゼのぼかした言葉に、カリアンは顔を背《そむ》けた。

「ふっ、当たりか」

相好《そうごう》を崩《くず》していく武芸科長に、カリアンは憮然《ぶぜん》とする。他の者に知られるよりも屈辱感《くつじょく》はないが、だがそれだけに、この男にだけは知られたくなかった気分でもある。

「悪いかね？」

「なるほど、完璧《かんぺき》主義のお前としてはやりたくはないはずだな」

「欠点は誰にだってあるものだよ」

「そうだな。そうだ。欠点は誰にだってある。恥《は》ずべきことじゃない」

「それなら、もうこの問題はこれでお終《しま》いにしてくれないかな？」

「そういうわけにはいかない。お前にはやはり責任があるからな」

「なんだって？」

「書記たちの機嫌《きげん》を良くしてやる必要がある。あれでは今後の生徒会業務に支障が生じるぞ。士気ががた落ちだ。どうやって取り戻す？」

「それは……」

答えようとして、なにも考えていなかったことに気付き、カリアンは黙って首を振った。

「出てやれ」

「冗談《じょうだん》ではない」

「笑われて来い」

「笑わせるのならばいいさ。だが、笑われるのは好きじゃないな」

「ならば笑わせろ」

「道化《どうけ》になれと？」

「道化も立派な職業だ」

「…………」

確かにそうだ。だが、自分が道化になりたいかと問えば、答えは否《いな》だ。己《おのれ》の目指すものを手に入れるために必要に駆《か》られて道化になるのならばなんとか許容できる。だが、あえて道化になりたいわけではない。

「勘違《かんちが》いしているぞ」

ZUELINI
ZUELINI
UNIVERSITY
PRESIDENT
OF
STUDENT COUNCIL

「なにがだね？」

「笑わせるのは聴衆《ちょうしゅう》ではない。書記たちだ」

「…………」

「あいつらは生徒会の運営には欠かせない有用な人材だ。お前が下げた士気を取り戻すために、笑わせてやれ」

「…………」

カリアンは、そんな提案をしたヴァンゼをじっと見つめた。日に焼けた黒い肌《はだ》の巨漢《きょかん》は笑《え》みを含《ふく》みながらも瞳《ひとみ》にはまじめな色を宿している。

「やれやれ、君に諭《さと》される日が来るとは」

「文句屋でいろというのは、お前が言った言葉だ」

「そうだがね」

カリアンはベンチから立ち上がった。

「ところで、私の背を押すのだから協力はしてくれるのだろうね？」

ここからイベントのある広場は少し遠い。時計塔《とう》で時間を確認《かくにん》したカリアンはヴァンゼを見、校則違反《いはん》を促《うなが》す生徒会長に苦虫を噛《か》み潰したような顔の武芸科長を見、笑った。

控室《ひかえしつ》には暗い雰囲気が満ちていた。

最後の出番。もはや広い控室には他のバンドはいない。参加したバンドたちはすでに自分たちの荷物を片づけて去っており、聞こえてくる演奏をしているバンドの私物が残っているだけだ。

「……とにかく、がんばりましょう。歌は、わたしが歌うから」

「うん」

セリーヌの言葉に、シェリルがか細く返事をするだけだ。他の二人は、やはり暗い顔で自分の楽器やスティックを握《にぎ》っている。

「会長が、そこまで人前で歌うのが嫌《いや》だなんて」

「しかたないよ………」

ミリアリアの言葉をロクシェラが繋《つな》げ、のみ込んだ。会長があそこまで人前で歌うのを嫌《きら》う理由を考えたとき、それは簡単に導き出された結論だった。生徒会が結成されて以来、カリアンのそばに居続けた書記たちだ。完璧主義の彼が自分の不得意分野を人前で披露《ひろう》なんてできるはずがないこともまた、容易に想像ができる。

「ええ、わたしたちの調査不足です。会長に謝らないと」

「そうだね、ぜひともそうして欲しい」

いきなりの声に、書記たちは驚《おどろ》いてそちらを見た。

控室の入り口にカリアンは立っていた。

「会長！」

驚きの声を上げる書記たちの前に移動し、カリアンは彼女らを眺める。その手にした楽器さえも、カリアンは初めて見るのだ。

「衣装《いしょう》はこのままでいいのかな？」

書記たちがいつもの生徒会の服であることを確認して、カリアンは制服の襟《えり》に指をかけた。武芸者の移動能力を体感してきたわけだが、暑さとは違う汗《あせ》が首元に不快感を与えている。人前で襟をあけるわけにもいかず、風を入れるだけにとどめる。

「は、はい」

「あの、会長……」

ロクシェラが頷《うなず》き、セリーヌがこわごわと声をかけてくる。

「ん？」

「あの……」

「しかたないだろう。もう決まってしまっているんだから」

「……もうしわけありません」

「いや、謝るのは私の方だ。もっと早くに告白しておくべきだった」

「会長」

「だが、あえて君たちに問いかけておきたい。本当に私でいいんだね？　察しの通り、私は歌がうまくはない。きっと無様なことになる。君たちの素晴《すば》らしい演奏を台無しにすることだろう。それでも、本当にいいのだね？」

「はい！」

真っ先に答えたのはシェリルだ。今にも泣きそうな顔で震《ふる》える声を張り上げた。

「わたしたちは、会長と思い出を作りたいんです」

改めて聞くその言葉、彼女たちの視線に、カリアンは微《かす》かな笑みを浮《う》かべ視線を外した。

(照れくさいものだ)


そして、カリアンは舞台《ぶたい》に立つ。

中央に燦然《さんぜん》と輝《かがや》くマイクスタンド。

広場に集まった聴衆は、本当に舞台に生徒会長が立っていることに、驚きと好奇心《こうきしん》の視線と声を集中させる。

「やあ、諸君」

演壇《えんだん》に立つときと同じ気分になるよう心掛《こころが》けつつも、緊張《きんちょう》が声を少し高くする。それが受けて、聴衆が笑う。

照れ笑いが自然と浮かび上がる。止めようがない。開き直った気持ちで言葉を紡《つむ》ぐ。

「あまりうまくないが、聞いてくれたまえ」

そして、スティックによるリズムが刻まれる。

1、2、3……

ギターが攻撃《こうげき》的に駆ける。ピアノがなめらかな線を描《えが》くように、それでいて激動的に流れていく。

ベースとドラムのリズムが地を揺《ゆ》らす。

澄《す》まし顔の書記たちが奏《かな》でる激しい序奏に、聴衆たちは度肝《どぎも》を抜《ぬ》かれ、引き込まれていく。

それを背で受けるカリアンもまた、同じ気持ちだ。壁越《かべご》しではない生の音は、それほどに衝撃《しょうげき》的だった。彼女らにこんな面が存在したことに驚いていた。

激しくも短い序奏が終わろうとしている。

カリアンは、口を開く。

声を、音を、歌を奏でるため、普段《ふだん》は人を説得し、納得《なっとく》させ、煙《けむ》に巻《ま》くために言葉を紡ぐ口を開く。

音が、吐《は》き出される。


ボエー。


その瞬間《しゅんかん》、書記たちの演奏が生んだ衝撃はかき消され、それを倍する、数百倍、万倍する激震《げきしん》が広場を襲《おそ》った。地が揺れ、木がざわめき、空気がささくれ立った。

聴衆はあまりの事に唖然《あぜん》とし、耳をふさぐことさえ忘れた。だが、それは一瞬のこと。肉体に直接的に痛みを与《あた》えるこの音響《おんきょう》兵器の前に、苦悶《くもん》し、耳をふさぎ、膝《ひざ》をついた。マイクのハウリング音さえも凌駕《りょうが》する暴音が広場を支配し、さらなる支配域を求めて拡大した。エアフィルターが震え、都市の外の光景が歪《ゆが》んだ。

こっそり広場の上空に来ていた電子精霊《せいれい》のツェルニは慌《あわ》てて（意味があるのかどうか不明だが）耳をふさぎ、己の住処《すみか》である機関部中枢《ちゅうすう》に逃《に》げ帰った。だがその衝撃からはのがれようもなく、電子精霊は機関部の中で気を失った。

都市は足を止め、己の内部で起こった異常事態に機能が不全となった。歯車がずれたかのように奇妙《きみょう》な動きをして、やがてそれは都震となった。暴音の支配域にいない生徒たちでさえもその都震で異常を察知することになる。

なにも知らない都市警察は非常警報を鳴らし、学生たちに退避《たいひ》を促した。武芸者たちは汚染獣《おせんじゅう》の襲撃《しゅうげき》かと『祭』の気分をぬぐい去って錬金鋼《ダイト》を手に集結する。しかしその中に、第十七小隊の姿はなかった。武芸科長の姿もなかった。異常の正体を知らせる生徒会長の放送もなかった。

異常は、一曲分というごく短い時間の中で起き、そして終息する。


「……ふむ」


歌い終え、カリアンは息を吐いた。歌っている間、意識的に聴衆のことを見ないようにしていた。集中しすぎたため、伴奏《ばんそう》さえもまともに聞いていないような状況《じょうきょう》だった。ただ頭の中で楽譜《がくふ》通りにリズムを刻み、その中で歌った。楽譜を読むこともできる。リズムを刻むこともできる。ただ、それを実際の音声に還元《かんげん》できない。脳と肉体、想像と実行の間にあるままならなさがもどかしい。

しかし、満足感がないといえば、嘘《うそ》になる。声を張り上げるということはそれだけで気分が楽になる行為《こうい》だ。それを肯定《こうてい》的に行える歌は、やはり気分を高揚《こうよう》させる。

しかし、伴奏を聞きながらの行為ではなかった。一人、誰《だれ》のためでもなく歌ったような

ものだ。

「これでは、一緒《いっしょ》に歌ったことにはならないか？」

マイクに拾われないように呟《つぶや》き、やや申し訳ない気持ちで背後の書記たちを見た。

周囲がひどく静かなことにいま気付いた。

振《ふ》り返り、舞台の下の聴衆を見る。舞台袖《そで》にいるはずの司会や、スタッフたちを見る。

みんな、倒《たお》れている。

「……ふむ」

カリアンは呟き、そしてあきらめ顔で首を振った。

もう二度と歌うまい。

ただ静かに、そう決意した。

幕間

くすくすと笑い声が漏《も》れてくる。

「楽しそうですねぇ」

「…………」

デルボネの抑《おさ》えた笑い声にフェリは内心では苦虫を噛《か》みしめていた。

彼女は変わらずそこに座り、そして膝《ひざ》の上には大きな本が置かれ、開いている。

「あなたは、いったいなにがしたいのですか？」

フェリの記憶領域という場所に姿を現わしてる意味がわからない。

いや、本物であるはずがない。

おそらく……いや間違《まちが》いなく目の前にいるのは、彼女がフェリに託《たく》した戦闘経験だ。

しかし、どうしてその戦闘経験がデルボネの若い頃《ころ》の姿をし、そしてフェリの記憶をこうして覗いているのか？

「おや、これは？」

呟《つぶや》きの後、デルボネの手にした本が入《い》れ替《か》わる。

「それは……」

その本は他のものよりも分厚かった。背表紙を見ると、イベント単位でまとめられた記憶のようだ。

「文化祭。まぁ楽しそう」

「……それは」

文化祭という単語に戦慄《せんりつ》が走る。

フェリの予想が正しければ、そこに収《おさ》められている記憶というのは……

「念威でずいぶんと情報収集していらっしゃるのですね。楽しみだわ」

「待ちなさい」

「待てないのですよ。なにしろ自動的ですから」

デルボネの変わらない笑みが憎《にく》らしい。フェリが止める暇《ひま》もなく、デルボネの手が本を開いた。

ショウ・ミー・ハート・イイイイエェエエエッックス！

その空間には数十人の男女が集《つど》っていた。

「……どうなってしまうのか」

「どうなるもないだろ、見て、笑われて、それで終わりだ」

「わ、笑われるのか⁉」

「そりゃ笑われるだろ。普段、がっちがちの真面目《まじめ》さんがこんな映画にでてんだからな。爆笑《ばくしょう》もんだ」

「くっ、ぐうう……」

「しかもほぼ男装だろ？　バカ受け、いや、一部ファンには悶絶《もんぜつ》もんか？」

「……わ、わたしだってできればこういうときぐらいはフリフリのとか着てみたかったりと思ったりぐらいは……」

「そりゃもう犯罪だ」

「なぜだ⁉」

「二人とも、静かにしないと他《ほか》の人に迷惑《めいわく》だよ」

「ぐっ、ぬぅ……」

「へいへい」

「それに、いいじゃんこういうのに出ても。実はね、僕も出てるんだよ。怪物《かいぶつ》に追いかけられるっていう役なんだけどね」

ビー。

「おっ、始まるな。なんか言ったか」

「……なんでもないよ。始まればわかるんだから」

そうして世界は暗転する。光は彼らの正面にあるスクリーンに集中し、映像となる。

映像に視線も集う。集う視線に映像は文字を展開させる。

ツェルニ生徒会・ツェルニ『祭』委員会・ツェルニ映像倫理《りんり》委員会承認《しょうにん》。

『祭』映像大会出展作品。

制作・アニメーション研究会、チーム・ミランスク。

念威《ねんい》少女シリーズ。

魔磁狩《まじかる》……

「世界は、少しずつ侵蝕《しんしょく》されている」

少女の声が解き放たれ、暗い空間に物語が満ちる。

†

誰も知らないところで世界は侵蝕されている。都市の外側から、外縁《がいえん》部から、路地裏から、地下から、足下《あしもと》から……

都市はほんの少しずつ、誰にも知られないまま変化していく。

誰にも望まれていない変化を。

都市の意思、電子精霊からも望まれていない変化を。

「力を貸して！」

空から落ちてきた一匹《ぴき》の変な生き物、カラスミとの出会いがわたしの世界を強引《ごういん》に変えた。問答無用とはこのことだった。考える余地さえなかった。何度も断ったのにそれでもこんなことになってしまっている。

「そんなこと言わないでよ」

「迷惑な話です」

カラスミが情けない顔でわたしを見る。この、一見ふわふわの白と淡《あわ》い青の毛並みの生き物はわたし以外には誰にも見えていない。カラスミは電子精霊の自衛本能が生み出したもう一つの都市の意思……なのだそうだ。

「ほんとかどうか……」

「ほんとだよ！　信じてよ！」

「確かめようがないですし」

「ていうかいまだに信じられてなかったっていうのがショックだよ！」

「なにをもって信じろと？」

「もう何回も魔磁と戦ってるじゃないか!?」

「あなたが仲間と共謀《きょうぼう》してわたしを騙《だま》しているという可能性もあります。そうなると、わたしも都市侵略《しんりゃく》の片棒を担《かつ》がされているということになりますね。……殺《や》っておいた方がいいのかも」

「待って……待って！　お願いだから！　無表情で目だけ光らせて近寄らないで！　長くてでっかいそれでなにをする気なの!?　ていうかその武器だって僕があげたものじゃない。その衣装《いしょう》だってあげたじゃない。かわいいと思わない？　ねぇ？　ねぇ!?」

「十七で着る服ではありませんよね」

「似合ってる。似合ってるから！　ていうか君はいま十歳！　じ・ゅ・っ・さ・い！　設定を忘れちゃいけない！　設定は大事！　超《ちょう》大事！　あとギャラとかも大事。忘れないでギャラ、ギャ～ラ～～～～」

「むぅ」

「それでは今日も元気に魔磁狩《か》りいっちゃおー」

「むぅ」


魔磁とは!?

電子精霊の放つプラマトリオン雷因性粒子《らいいんせいりゅうし》。自律型移動都市《レギオス》の全域に微弱《びじゃく》に帯電することの粒子が電子精霊にとって、この都市の異常を感知する神経の役割を果たしている。だが、その雷因性粒子を悪用し、電子精霊に邪悪《じゃあく》な心を芽生えさせようとする悪の集団が存在する！

その者たちが開発したのが侵略性磁性粒子。

それが魔磁だ！


「さぁ行こう。今日も行こう。魔磁はすぐそこにいるぞ。君は念威少女・魔磁狩フェリなんだから」

「むぅ」

「ラ・ピュセルかまえて、ショウ・ミー・ハート♪」

「歌わなくていいです」

念威少女はため息を漏《も》らす。

「なにをどうしたってもうやめれないんですよね？」

「それはもちろん！　魔磁を殲滅《せんめつ》するそのときまで念威少女の戦いは終わらないのである！」

「熱弁しなくてもいいです」

ため息は止まらない。

念威少女は諦《あきら》めの境地でそれを見る。

魔磁と呼ばれたものを。

ふわふわもこもこした黒い毛の小動物だ。毛色や赤い眼《め》が鋭角《えいかく》的で少し性格が悪そうだなと感じる以外では、自分の隣《となり》にいるカラスミとなんの違《ちが》いもない。

念威少女とカラスミ、そして魔磁がいるのは高い建物の屋上だ。都市を見渡《みわた》せる高さで風は静かに流れていく。

念威少女は魔磁を追いかけ、そしてここに追いつめた。

「やっぱりあなたの仲間でしょう」

「ちーがーうー。ちがいますー」

「まぁいいです。判明したときにはもろとも焼き払《はら》いますから」

「ぜんぜん信じられてない！」

念威少女はラ・ピュセルと呼ばれた長大な杖《つえ》を構える。その身を覆《おお》っているのは純白の衣装。戦いだけを求めるには余計な装飾《そうしょく》があり、しかしお洒落《しゃれ》として着るにはどこか物々しさがある。

どちらであれ、一貫《いっかん》して主張されているのはひたむきで強固な意志……だと思われる。

「できれば永遠にこんなもの着たくありませんでしたが」

「もう着てるんだから諦めなよ。意外にしつこい性格だよね」

「……なにか？」

「ナンデモアリマセン。さあそそくさと殲滅しませう」

そんなことを言い合っているうちにカラスミにそっくりな魔磁が逃《に》げていく。素早《すばや》い。しかも魔磁は小動物という形のくせに空を飛んだ。

「魔磁は侵略性磁性粒子の名前の通りに本来は形がないからね。あれは、君の意識が魔磁を敵として認識しやすい形で表現しているにすぎない。ただの脳内映像だよ」

「つまり、わたしはあなたを敵として見ているということですね」

「なんという真実！　知りたくもなかったよド畜生《ちくしょう》め。さあ、追いかけよう」

「挫《くじ》けなくなってきましたね。まぁいいでしょう」

念威少女はラ・ピュセルを構える。

念威少女はその名前の通りに念威繰者《そうしゃ》だ。

つまり、その手に携《たずさ》えた長大な杖、ラ・ピュセルもまた念威繰者の使う重晶錬金鋼《バーライトダイト》だということだ。

ゆえに、念威端子《たんし》が展開される。ラ・ピュセルから放出された無数の端子は少女から放たれる念威を受け止めて発光し、空を滑《すべ》って移動する。

それは一見、少女の周囲に集《つど》った蝶《ちょう》の群れが散っていくかのようだった。

だが、その動きは優美ではなく機能的だ。空を滑る念威端子は先んじて空を駆《か》けている魔磁を追い……それだけでなく都市に散る他の魔磁をも探すべく散っていく。

魔磁は空へと逃げた。

だが、念威少女は追いかけない。ただ、念威端子を飛ばしていくのみ。

「あの、ちょっと……フェリさん？」

「都市を侵蝕しようとする全《すべ》ての魔磁を一掃《いっそう》すれば、それでわたしの役目は終わるのですよね？」

「え？　……え？」

「魔磁をわたしが見たら悪そうなあなたの映像になる。それならば、わたしのさっきまでの視覚情報を基《もと》にすればこの都市に潜伏《せんぷく》している魔磁は全て見つけることができる。そういうことでしょう？」

「あ、そうかなぁ？　たぶんそうかも。うん、そうかも。かも？」

「なら、もうこの瞬間《しゅんかん》に全て、ここから都市の全てを調べ上げ、完璧《かんぺき》、完膚《かんぷ》無《な》きまでに殲滅してしまえばいいというわけですね」

「いや……そうだね、そうなんだけどね」

いよ！」

「問題大ありだよ！　第一話だよ。開始十分だよ。普通《ふつう》でもアイキャッチにさえ届いてな
「これは映画です」

「あと八十分どうする気！」

「あなたが踊《おど》ればいいでしょう？　そもそも、映画ならアイキャッチはないでしょう」

そんな掛《か》け合いをしている間に準備は終了《しゅうりょう》する。計画的に端子を配置し、都市の端《はし》から
端、上から下、外縁部から都市の中央、隅々《すみずみ》にまで少女の目が、鼻が、耳が、手が、それ
以外の本来人間には存在していない知覚で都市を調べ上げる。

本来は形がないはずの魔磁を探し出す。

それは、無数の性格の悪そうなカラスミに似た生き物としてフェリの脳内で再生される。

ツェルニという都市の各所に悪カラスミが群生する様が映し出される。

「さながらGのようですね」

「ひどい！」

「レッツ害獣駆除《がいじゅうくじょ》」

「間違ってないけどおかげで心が痛いよ！」

やかましく叫《さけ》ぶカラスミを無視し、念威《ねんい》少女は端子に走らせる念威を変質させる。

情報を収集する無色の存在から、荒《あ》れ狂《くる》う薄紫《うすむらさき》色の雷《いかずち》へと。

念威爆雷《ばくらい》の迸《ほとばし》りは都市そのものが発光したかのように、一瞬、全てを雷色に染め上げ、そして消えていく。

あちこちで眩《まばゆ》さに足を止める人々がいるのを確認《かくにん》しつつ、同時に負傷者がいないことを確かめ、フェリは端子の回収を開始する。

そして、タイトルが彼女たちに被《かぶ》さる。

念威少女☆魔《ま》弦《じ》狩《かる》フェリ

「悪は滅《ほろ》びました」

「嘘《うそ》だぁ！」

カラスミの叫びは決して歓喜《かんき》のものではなかった。

†

開始十分でエンドロールが流れることはなかった。

「おはよう……」

ぎこちない挨拶《あいさつ》が朝の空気をすり抜《ぬ》けていく。

「あ、お、おはよう」

もっとぎこちない挨拶が返ってくる。フェリはそちらを見た。

カウンターの向こうでレイフォンがコーヒーカップを拭《ふ》いていた。頬《ほお》がひくつき、目は泳いでいる。なにより声が妙《みよう》に甲高《かんだか》い。

「朝食……これからつくるね」

ガチガチの声と動きでレイフォンが拭いたコーヒーカップを置こうとしていると、バターの焦《こ》げる良い匂《にお》いが先んじて二人に届けられた。

レイフォンの隣に立っていた女性だ。

「もう作ってるわよ。レイフォンはコーヒーを淹《い》れて」

「あ、う、うん」

バターを落としたフライパンでミルクと卵を混ぜたものに浸《つ》けたトーストを焼く。焼いている最中にスパイスと砂糖を振《ふ》りかけるのが彼女流であるらしい。

漂《ただよ》う香《かお》りがより食欲《しよくよく》を増すものに変わっていく中、彼女の鼻歌が聞こえてくる。

瞬《またた》く間にフェリの朝食ができあがっていく。

「う〜」

その余裕《よゆう》にフェリは唸《うな》るしかなかった。

レイフォンの隣に立っている彼女はリーリン。

二人は、フェリの暮らす喫茶店《きっさてん》『鈴々《ベルリン》』の店主……つまりはフェリの保護者だ。

「うはぁ、形無しだねぇ。女として惨敗《ざんぱい》」

「黙《だま》れ生き残り」

ふわりと現われて毒を吐《は》くカラスミをフェリは睨《にら》み付ける。

「ど、どうかした？」

「なんでもありません」

とことん硬《かた》いレイフォンを冷たく撥《は》ね付けるとカウンターに座る。

鈴々はまだ開店前で他《ほか》に客はいない。

レイフォンが完全に舞《ま》い上がった顔で受け皿に載《の》せたコーヒーをカチャカチャいわせながらフェリの前に置き、そのすぐ後でリーリンがにっこり顔でトーストとサラダを置いていく。

「ちなみに、レイフォンがフェリの兄でリーリンは彼の奥さんです」

「という設定。設定ですから。あくまで、作劇上の、その場限りの、一回こっきりの、仮《かり》初《そ》めの、作り物の、関係、です」

「押すねぇ」

ニヤニヤと笑うカラスミが憎《にく》たらしい。

「それよりもどうしてエンドロールが流れていないんですか？」

「流れるわけないじゃない。始まったばかりだよ。戦いは続いてるよ」

「全滅《ぜんめつ》させましたよ？」

「あれで全滅したら困るよ。おもに尺的な意味で」

「となるとやはり最後の敵はあなたなんですね」

「違うから！　ていうかいい加減その変な疑惑《ぎわく》はナシにしてよ！」

「だってあなたもレイフォンたちに見えてないわけだし」

「そう、ちなみにこの会話は後録《あとど》りです」

「そんな説明はどうでもいいから」

「そうだね。うん、彼らには見えてないよ。僕は都市精霊《せいれい》の自衛本能から生まれた特殊《とくしゅ》機能存在だから。ええと、簡単に言うとワクチン的で幽霊《ゆうれい》的なアレです」

「アレとか曖昧《あいまい》に言えば誤魔化《ごまか》せると思っているのですか？」

「誤魔化せます」

「その無駄《むだ》な自信が邪魔《じゃま》」

「まぁいいよ。それよりも魔磁はまだいるのです。これは決定。脚本的《きゃくほん》にも尺的にもこれで決定。ていうか九十分なめんな」

「もうすこしまともな理由で生き残りを説明できないのですか？」

「あ、できるよ」

「…………」

「……え？」

「…………」

「なに？　いきなり？　その沈黙《ちんもく》が変だよ？　視線が痛いよ？　え？　どういうこと？」

「…………」

「え？　フェリの見ていたのは寄生前の魔磁で、すでに寄生しちゃってるのは見つけられていないよ。だからそれを探さないと」

「…………」

「……あの？」

「…………それを、まともな演出とかで教える気はなかったんですか？」

「こっちの方がおもしろそうじゃない！」

「黙れ最後の敵」

フェリは大きく息を吐く。

「どうかしたの？」

リーリンがニコニコとした顔で尋《たず》ねてくる。その手には切ったフルーツが入った器があり、それが朝食を終えたフェリの前に置かれた。

「なんでもないです」

「そう？　悩《なや》みがあったらなんでも言ってね」

「はい」

リーリンの笑顔《えがお》はまっすぐに輝《かがや》いていて、フェリは思わず顔をそらしてしまった。

「大好きなお兄ちゃん♪を奪《うば》ったにっくき女（笑）あ、これは開くまで設定の話です。セッテイ」

「死ね、電波障害でぐちゃぐちゃになって死ね」

「ひどい！」

そのとき、チャリンと音が鳴る。

「おはようございます！」

バイトの人がやってきて、フェリは立ち上がった。

朝食は終わった。

今日もやるべきことをやるのだ。

「さあ、今日も元気に魔磁を狩《か》ろう」

フェリはこっそりとため息を吐いた。

そうして今日も念威少女・魔磁狩フェリの戦いは続くのである。

†

パオォォオイイン。

ピンクの長い鼻を振り回す怪獣《かいじゅう》が建物を器用に避《よ》けてフェリを追いかけてくる。

「建物を壊《こわ》さないとは、なんて環境《かんきょう》に優《やさ》しい怪物《かいぶつ》なんだ！」

「うるさい！」

カラスミのどうでもいい台詞《せりふ》が耳障《みみざわ》りだ。

フェリは走っていた。

その手には長大な重晶錬金鋼《バーライトダイト》のラ・ピュセルが。

身に纏《まと》う衣《ころも》は念威少女の戦闘衣《せんとうい》。

走る彼女の視界には怪獣に、純白の衣装《いしょう》を纏うフェリに驚《おどろ》く人々の顔が映る。

視線が全身に絡《から》みついていると思うのはただの錯覚《さっかく》か、それとも事実なのか。

顔が熱くなる。

「はやく、倒《たお》さないと」

そうは思うのだが、ピンクの怪物はけっこうな大きさのわりに動きが軽快で、距離《きょり》を開けて立て直そうにもうまくいかない。

フェリは走るしかない。

ラ・ピュセルの重さが鬱陶《うっとう》しい。だが、復元状態を解除するわけにはいかない。重い杖《つえ》に振り回されるようにしながら走り続ける。

「早く決着を付けないとこのままだと……」

「このままだと都市中の人たちに変な趣味《しゅみ》の人だと思われてしまいます」

「心配はそっち⁉」

「それ以外のなにを心配しろと？」

「一般《いっぱん》市民の人たちの安全とか都市の平和とか友達のこととか、色々あると思うよ！」

「武芸者たちが勝手にやってくれます」

「しゅ、主人公が他人任《ひとまか》せとか良くないと思うな！」

「……あなたはなにかを勘違《かんちが》いしていますね」

「え？」

カラスミの驚く声を聞きながら、フェリは足を止める。

息が荒《あら》い。大きく深呼吸し、フェリは振り返り、迫《せま》るピンクの怪物と向き合った。

「わたしはわたしができることしかできません。なにがなんでも全《すべ》てを自分で片付ける気なんてありません。できることはできる人がやればいいのです」

杖を構える。

解きはなった念威《ねんい》端子《たんし》との繋《つな》がりを確認《かくにん》する。

「人々の安全？　都市の平和？　わたしができるのはそういうことではありません」

全ての端子が所定の位置についている。

ピンクの怪物はそのファンシーな瞳《ひとみ》にドリーミンな殺意を宿らせて迫ってくる。

フェリはラ・ピュセルを振り上げる。

「わたしにできることは、ただ魔磁を倒すことだけです」

念威爆雷《ばくらい》、起動。

紫電《しでん》の光が周囲を圧する。

紫電が怪物を包囲し、貫《つらぬ》き、焼き払《はら》う。

ほわぁぁぁあぁあぁぁぁあぁぁん……

奇妙《きみょう》な叫《さけ》び声を上げながらピンクの怪物が倒れる。だが、その巨体《きょたい》が他の建物に寄りかかるよりも早く砂のように崩《くず》れ、重さなどなかったかのように消えていく。

「それ以外は全て他人任せです」

「きれいにまとめるつもりなんてちっともなかったんだね！」

「できれば魔磁退治も放棄《ほうき》したいです。目指せただ飯食い」

「サイテーだぁぁ!!」

「しかし、倒すと実体化が解けて他に被害《ひがい》がないとか。意外に親切設計ですね、魔磁」

「もともと粒子《りゅうし》だからね」

「主にわたしに多大な迷惑《めいわく》をかけているあなたとは大違いですね」

「あいつらもっと大きなものに迷惑かけてるから！」

やかましいカラスミの声を無視し、フェリは変身を解く。念威少女の戦闘衣は光の粒子となってラ・ピュセルに収納され、錬金鋼《ダイト》は基礎《きそ》状態に戻《もど》る。

「では、清く正しい学生生活にでも向かいましょうか」

「そんなシーンはどうでもいいよ！　もっと魔磁と戦いなよ」

「どうでもいいとはなんですか？」

「だいたい学校のシーンなんて出せるわけないじゃない。自分の設定思い出しなよ。ここをどこだと思ってるんだよ。空気読んでよ」

「自分たちが勝手に十歳とかいう設定にしたくせに」

「くせにってなんだい。だいたい、十七歳で少女とかギリギリなんだよ。辞書的にはアウトだったりするんだよ。だから十歳なんじゃないか。べ、別に十歳じゃないとダメとか十二歳以上はメスで女じゃねぇとか。三次元は二次元に進化してから来やがれとか、そんなことはちっとも考えてないんだからね！　プンプン」

「うざい。いまのあなた以上にうざい人はこの世に存在しませんね」

「ひ、人とか言うなぁ。僕は念威少女のマスコット、カラスミだぞ！　獣《けもの》だぞ！」

「中の人のことです」

「中の人などいない！」

「いや、いるでしょう、CV.アーチンが」

「うるさいやい。とにかく魔磁と戦えばいいんだよ。魔磁と戦ってる念威少女がいいんじゃないか！　それ以外はどうでもいいんだよ。さぁ戦え、いますぐに戦えほら戦え。念威少女ってやつぅぁなあぁ、変身してスカートビローンってしてればいいんだよおぉぉぉ」

「ついに本性《ほんしょう》を現わしましたね」

「は、現わしたがどうしたってんだ」

「開き直って、見苦しい……」

「言いたかなかったがなぁ。お前の戦い方は念威繰者《そうしゃ》で念威少女じゃねぇんだよ」

「なんですか、それは」

「端子で罠《わな》張って念威爆雷でドカンっていうのが念威繰者だっていうんだよ。念威少女はなぁ、念威繰者とは違うんだよ。勇気を持って悪と正面から戦うんだよ。空だって飛べるんだよ。バコンとでかいの一発撃《う》てるんだよ。説明しただろうが、うらぁぁ！」

「そういう戦い方は性に合いませんから。というよりもなんですか？　正面から戦え？　戦いを知らない素人《しろうと》の台詞ですね」

「はぁ？　なにそれ？」

「自分の命を守って戦う。それがもっとも生き残り勝利できる戦い方です。正面から戦うなど愚《ぐ》の骨頂《こっちょう》。自分の命を投げ出して守れるのはただの一回です。生き残れば次も、その次も守ることができるのです」

「かぁぁぁぁぁぁあっ！　ロマンの欠片《かけら》も滅却《めっきゃく》した乾《かわ》ききったお言葉だ！　ありがたすぎて涙《なみだ》も涸《か》れる。代わりにぺってしてやるよ。ぺっ！」

「この、くそ獣が……」

「あ？　なんだい？　ロマンも知らない耳年増《みみどしま》がなに言ってくれるんですか？　ワアボクトッテモタノシミダア」

「…………死ね」

フェリの声は低い。

取り出された基礎状態の錬金鋼《ダイト》を握《にぎ》る手は怒《いか》りに震《ふる》えていた。

滲《にじ》む殺意がフェリを染め上げるのにそう時間はかからない。

だが、次の瞬間《しゅんかん》に起こったかもしれない惨劇《さんげき》は、変化によって回避《かいひ》された。

「お前ら、いつまでそんな変な口げんかしてるんだ!?」

『はぁ？』

いきなり降りかかってきた声に、奇《く》しくもフェリとカラスミの声は被《かぶ》さった。

一人と一匹《ぴき》の視線は頭上、やや離《はな》れたところにあった高い木に向けられる。

そこに、赤い少女がいた。

木の枝の細い部分に体重を無視するかのようにして立っている。

その手には炎《ほのお》のような穂先《ほさき》の槍《やり》が。

その体は少女の機動性を重視するかのようなタイトな衣装《いしょう》が。

その髪《かみ》は怒りそのもののように風もないのに揺《ゆ》れている。

「なにやってるんですか肉体詐称《さしょう》」

「ニクタ……なんだそれ？」

フェリの皮肉は通じなかった。

「すいません、知能レベルのことを考えてなかったわたしのミスです」

「なんだか知らないけどバカにしたな！」

フガァ！　と赤い少女が吠《ほ》える。

「おお、お前はフェリのクラスメートのシャンテ！　どうしてそんなところに！」

カラスミの台詞《せりふ》が強引《ごういん》になにかを進めようとする。

「ふはははは！　甘いな念威少女！　われわれマジは、ついにお前たちへのタイコー手段を見つけ出したのだ」

台詞に重なってフガァという吠え声が聞こえてくるという怪奇《かいき》現象に、フェリは眉《まゆ》を寄せる。

「というかスタジオで別録《べつど》りしたというのにこの体《てい》たらくははたして許されるんですか？」

「許されるも許されないもないよ。これ以上なにをどう望めっていうんだい？」

「なら使わなければいいでしょうに」

「ははははは、使う理由は君とそれほど変わらないと思うけどね」

「……変態」

カラスミの中の人の言葉に軽蔑《けいべつ》の視線を投げかけ、フェリはいまだに細枝の上で体重がないかの如《ごと》くに立っているシャンテを見上げた。

「それで、なにをどうする気です？　あなた」

「決まってる！　お前をゴウホウテキにぶっ叩《たた》けるって聞いたからこの話を受けたんだからな！」

「ではわたしも合法的に焼き払うとしましょう。正当防衛ですね。裁判での証言はお願いしますよ」

「リアルな殺意が怖《こわ》いよ！」

カラスミの悲鳴は無視する。

二人が出会えば戦うは必定。フェリは錬金鋼《ダイト》を復元、無数の念威端子がシャンテに向かって飛んでいく。

「イイイイイイ!!」

威嚇《いかく》の叫びが空を満たす。シャンテが槍を構えてフェリに飛びかかる。

「させません」

フェリは淡々《たんたん》と念威爆雷を発動させた。

「ウニャッ!」

紫電の爆発が連続し、シャンテは即座《そくざ》に方向転換《てんかん》して後退していく。

「速度であなたに敵《かな》うはずがないのです。それなのにわたしが端子の即席《そくせき》防衛配置を研究していないとでも思いましたか?」

「グニャアアア!」

遠退《とおの》いていくシャンテの叫びに溜飲《りゅういん》を下げつつ、しかし油断はしていない。

「なにしろ相手は武芸者ですから。一瞬でもこちらが油断すればその瞬間に死にます」

「いやいやいや、念威少女! 念威少女同士の戦いだから!」

「ウニャアアア! この引きこもり覗《のぞ》き見《み》女めぇぇぇ! 絶対、叩く!」

「叩けるものなら叩いてご覧なさい。ほら、ほらほら、ほらほらほらほら……」

「グニャアアア！」

「油断する間すら与《あた》えないほどの間抜《まぬ》けな場所取りですね。思いつきの行動以外はまるでだめですか？」

「ウニャニャ！　ウニャウニャ！」

叫び逃《に》げ回るシャンテを爆雷で追い回す。

もちろん、ただ追い回しているだけではない。次の罠、その次の罠へと数パターンの予測行動を念頭に置いて端子《たんし》を配置している。

先回りし、逃げ場のない必殺の場所へと導いていく。

出口のない爆雷迷路《めいろ》ができあがるのに、それほど時間は必要なかった。

「……ニャ！」

さすがのシャンテもその瞬間は自分の状況《じょうきょう》に気付いたようだ。

己《おのれ》の失態に気付いた顔は間が抜けていた。

シャンテの周囲に配置された端子は彼女を爆雷の破壊域《はかいいき》で隙間《すきま》なく覆《おお》っている。

「灰になれ」

「ニャアアアアア！」

フェリが宣告し、爆雷《ばくらい》が紫電《しでん》を膨《ふく》らませたその瞬間、シャンテの表情が引《ひ》き締《し》まり、そして吠えた。

衝勁《しょうけい》のこもった咆哮《ほうこう》だ。

空気の振動《しんどう》は普段《ふだん》よりも強烈《きょうれつ》な破壊力を発揮し、爆雷の圧力をかき分け、その破壊域を乱れさせる。

その乱れた隙《すき》を縫《ぬ》ってシャンテが脱出《だっしゅつ》する。

瞬発的な判断と行動力は、野性の本能が本領を発揮したとしか言いようがない。

「ちっ」

舌打ちが思わず漏《も》れる。

「ウニャアアアアアッ！」

真っ黒に焦《こ》げたシャンテが凄《すさ》まじい笑《え》みを浮《う》かべて迫《せま》ってきていた。

復讐《ふくしゅう》する気満々のシャンテに、フェリは爆雷の壁《かべ》を二人の間に張ろうとする。

だが、速度に追いつけていない。爆雷が爆《は》ぜた瞬間にはすでにシャンテがすり抜けている……それを三度繰《く》り返《かえ》し、四度目の自爆覚悟《かくご》の爆雷がようやくシャンテを捉《とら》えた。

「ニャッ！」

背中を叩かれる形でシャンテが飛ぶ。

「くうううっ！」

フェリも爆風に押され、転がる。

「おのれっ！」

「フグゥウゥウッ！」

背中の痛みを堪《こら》えて立ち上がる。シャンテも同じタイミングで起き上がった。

そのときにはもう端子の再配置が終了《しゅうりょう》している。

「覗き見女が！」

「野良畜生《のらちくしょう》！」

興奮で口が悪くなった。だけれどそれを後悔《こうかい》したり恥《は》ずかしく思ったりすることはなかった。興奮が頭の中を燃やしていた。

「今度こそ死ね！」

二人して叫《さけ》ぶ。

仕切り直し、再び戦いを開始しようとしたそのとき……

「君たち、ちょっと真面目《まじめ》に念威《ねんい》少女しようよ！」

カラスミがよくわからない主張をしてきた。

「しているじゃないですか？」

フェリは睨《にら》み合ったまま答える。心外だと思っていた。

「これ以上ないぐらい真面目に念威少女をしているつもりですけれど？」

「うんうん」

シャンテも頷《うなず》いている。だがきっと、意味はわかっていないだろう。

「あなたの言う正々堂々をしているつもりですけれど？　まぁまだ空を飛んでもいませんし、指向性のアレもまだ使っていませんが」

「うんうん」

「まぁあれは飛行速度がアレですし、わたしの反射神経では武芸者の速度にも対応できませんからいま使うのは自殺行為《こうい》です」

「うんうん」

「ですので、指向性のアレでこれのとどめをさすことでとりあえずは了承《りようしよう》願いたいところです」

「うんうん……………もしかしてとどめってのはあたしに向けてるか？」

「さぁて、会話の流れで想像してみたらどうですか？」

「フガァァァッ！」

「だから、そういうのはスト――――――ップ!!」

カラスミがなにやら本気で怒《おこ》っている。

フェリはわけがわからなかった。

「これほど真面目に念威少女をしているのは撮影《さつえい》以来初めてだと思いますが？」

「ぜんぜん念威少女じゃねぇよ。ふざけんなよ！　わかってねぇよ。いい加減にしろよ」

カラスミはなにやら荒《あら》ぶっていた。

「ああもういいよ、もういいよ。はい退場。ターイージョー。シャンテさん退場。もう持ってってってー」

「え？」

「にゃ？」

啞然《あぜん》とする二人を置いてカラスミが宣言すると、爆雷の余波できな臭《くさ》くなった空気をかき分けるようにして大柄《おおがら》な影《かげ》が現われた。

「あっ、ゴル」

「帰るぞ」

「え？」

「報酬《ほうしゅう》はもらえるんだな？」

「それはもちろん」

「ならばよし。シャンテ、帰って飯にするぞ」

「にゃん」

「あ……」

大柄な影……ゴルネオの言葉でシャンテはあっさりと戦闘《せんとう》態勢を解いてその場から去ってしまう。

啞然としたままのフェリは取り残されてしまった。

「なんですかこれは、どういうつもりですか？」

我に返ったフェリはカラスミに問い詰《つ》める。

「これで撮影はおしまいですか？」

「そんなわけないじゃない。まだ最後の敵と戦ってないよ」

そうだ。台本では……現時点に辿《たど》り着くまでですでにかなりおかしかったが、台本ではシャンテ扮《ふん》する魔磁に取り憑《つ》かれたクラスメートが最後の敵となっていたはずだ。

だが、それはいま、帰ってしまった。

「どうする気ですか？」

そう聞いたところで、ふと考えを改める。

「というより、わたしも帰っていいですか？」

「いいわけないじゃない」

カラスミがにべもない返事をする。

「まだ、最後の敵を倒《たお》していないよ」

「でも、最後の敵は……」

「だから、君のお望み通りの展開にしてあげるっていうことだよ」

「え？」

「僕が最後の敵だ」

そう言うや、カラスミが変化を始める。

膨らむ。

ただひたすらに画像の倍率を上げているかのような巨大化《きょだい》に、フェリは呆然《ぼうぜん》とそれを見上げる……………なんてことはもちろんなかった。

「つまりは、空を飛んで指向性爆雷で焼いて欲しいということですね」

フェリはカラスミの巨大化が終了するのを待たなかった。

「ラ・ピュセル。飛行シフトへ移行」

発声による起動方式を面倒《めんどう》なと思いながら行う。フェリの周囲に戻《もど》っていた端子のいくつかが配置につく。ラ・ピュセルに存在する中継《ちゆうけい》端子が戦闘衣の背面に装着される。

さらに数個の端子が補助として戦闘衣の各所に張り付き、飛行形態への移行は完了《かんりょう》する。中継端子が震《ふる》える。フェリの念威を受け、収束させ、放射する。

磁性結界展開。

淡《あわ》い光によって構成された翼《つばさ》がフェリの背中に生まれた。

翼の形となって展開された磁性結界が重力を遮断《しゃだん》し、フェリの体を宙へと運ぶ。

最初は緩《ゆる》やかだった飛翔《ひしょう》が、徐々《じょじょ》に速度を増していく。風を受けるフェリの髪《かみ》の揺《ゆ》れる感覚が次第《しだい》に短くなっていく。

フェリの飛翔は速度を上げ続け、いまだ巨大化を続けるカラスミを追い抜いた。

「ヌ・オ・オ・オ・オ・オ・オ・オ・オ……………………ネ・ン・イ・ショ・ウ・ジョ」

カラスミの声は鈍重《どんじゅう》なものとなって空をかき乱す。

前肢《ぜんし》がフェリを捕《つか》まえようと動く。それを躱《かわ》し、フェリはさらに高く、エアフィルターの限界まで舞《ま》い上がるとラ・ピュセルの先端をカラスミであった巨大物体に向けた。

「お望みの『でかい』の一発、お見舞《みま》いしてあげます」

宣言。

「雷因性砲撃《ほうげき》、セット」

音声認識《にんしき》によって飛行ユニットに回っているものを除いた念威端子《たんし》がラ・ピュセルの向

く先に展開する。

杖《つえ》の先端から目標に向けて円筒《えんとう》を作るかのように念威端子は配置される。

「ヌ・ア・ア・ア……飛行形態と雷因性砲撃、どちらも極度の集中力と膨大《ぼうだい》な念威を必要とする。それを同時にこなそうとするなんて、無謀《むぼう》な……」

「その無謀ができると思ったから、わたしを選んだのでしょう？」

念威を走らせる。

背中で広がる翼が一度、大きく明滅《めいめつ》する。落下するかのような衝撃《しょうげき》が走ったのは一瞬《いっしゅん》、フェリは落ちることなく浮遊《ふゆう》を続ける。

そして、ラ・ピュセルの先端では……

「オ・オ・オ・オ……可能なのか」

カラスミの声が響《ひび》く。

大きく構えた杖の先端に、フェリの念威が収束する。杖の先で展開された端子は飛行ユニットと同じように磁性結界を展開している。

大雑把《おおざっぱ》に言えば、雷因性砲撃とは念威爆雷《ばくらい》に指向性を持たせたというだけにしかすぎない。だが、フェリの念威とラ・ピュセルの膨大な端子のみが可能とする増幅《ぞうふく》能力と収束補正能力が合わさり、念威爆雷は長大な光の槍《やり》へと変わる。

ラ・ピュセルの先に放たれるべき光の予兆が生まれていた。

それはフェリの次の言葉を待ち、猛《たけ》りを抑《おさ》えている。

「それでは、さようなら」

解き放つ。

ラ・ピュセルの先端から光が解き放たれる。

荒《あ》れ狂《くる》う熱と光は巨大化したカラスミを貫《つらぬ》き、崩壊《ほうかい》へと導く。

「さようなら、変態」

「ウ・ボ・ア・ア・ア・ア…………」

膨大な光の粒子《りゅうし》となったカラスミは渦《うず》を巻き、雷因性砲撃の気流に押されるように都市の地表に向かい、そして跳《は》ね返って空に昇《のぼ》った。

それはまるで、元の場所へと帰ろうとした分体を、本体である電子精霊《せいれい》ツェルニが拒否《きょひ》したかのようにフェリには見えた。

「そしてやはり時間はあまりましたね」

†

「…………ぐだぐだにもほどがあるな。おい」

全《すべ》てが終わって、シャーニッドがまずそう言った。

「……え？　いや、わたしの出番はあれだけ？　もっといろいろと喋《しゃべ》ったぞ」

ニーナははっと我に返った様子でエンドロールの流れる映像を眺《なが》める。

放映予定時間は九十分あったのだが、映画そのものは三十分ばかりで終わってしまった。残り一時間がひどい。いま流れている無駄《むだ》に長いエンドロールもそうだが、その後に待ち構えていたのはフェリだらけのメイキング映像で、それでも時間があまって、物語の最後に消滅《しょうめつ》してしまった変態精霊？　のカラスミがよくわからないダンスを踊《おど》る映像が流れた。

「これで……終わるのか？」

「いや、しかし、この気の持たせ方……もしかして？」

ニーナとシャーニッドは変な緊張《きんちょう》感で映像を眺める。見ている他の客の中にもそういう期待というか緊張というか、変な身構えをしてしまった人たちがいて、席から立ち上がろうとしない。

「あれ？　僕の出番は？　あれ、あのピンクの怪物《かいぶつ》に追われる人の役をしたんだよ。あれ？」

ハーレイはそのシーンが流れることを期待して最後まで居座ることにした。

時間が来て、カラスミが前肢でバイバイした後、『エンド』が現われる。

もちろんその後に待ち構えていたのは『なにもないのかい!?』というツッコミの大合唱だった。

エピローグ

上品な女性に笑い続けられるのは、下品に爆笑《ばくしょう》されるのとは別の意味でこたえる。

「ちょっと笑いすぎではないですか？」

息が詰《つ》まりそうなほどに笑い続けるデルボネを、フェリは恨《うら》めしく睨《にら》み付ける。

「ほほほ……ごめんなさい。いろいろと見てきてはいると思うのですが、なにしろわたしには記憶《きおく》がないものですから、新鮮《しんせん》で」

ようやく笑いを止めたデルボネが目尻《めじり》に指を当てる。

そこに涙《なみだ》はなかった。

「あなたが戦闘《せんとう》経験なのですよね？」

「ええ、そうですよ」

核心《かくしん》を突《つ》くフェリの質問に、デルボネが頷《うなず》いた。

「いつ気付きました？」

「最初からです。念威越《ねんいご》しでしか会ったことがないのに、その上で若い姿で現われるなんてありえないことです」

「その通りですね、さすがです」

「どうしてこのようなことを？」

「おや、もうわかっていると思いましたが？」

「…………」

「あなたが、この図書館を作成した時点で、わたしを解凍《かいとう》する手段を得たということなのですよ。自らの記憶さえもデータ化して整理する。それは念威《ねんい》繰者《そうしゃ》にとっても稀少《きしょう》な能力なのです」

「そうなのですか？」

「そうなのです」

デルボネがゆっくりと立ち上がる。

「残滓《ざんし》はあるものの、わたしにあるのは戦いの記憶だけです。生きるというのはいいものですね」

「悪い人生ではなかった、というようなことを言っていましたよ。あなたは」

「そうですか、それはよかった」

笑顔で頷《うなず》いた、そのときだ。

目の前にいたのはデルボネではなかった。

フェリだ。

「最適化が完了《かんりょう》しました」

声ももはやデルボネのものではない。フェリのものだ。

フェリの前にフェリがいる。どこから見てもまったく同じ姿をした存在に、しかしフェリは動揺《どうよう》しなかった。

この瞬間《しゅんかん》、デルボネに託された戦闘経験は完全にフェリのものになった。

その証拠《しょうこ》が、目の前にいるフェリだった。

「ご苦労様です」

「はい」

フェリの言葉にフェリが答える。鏡に裏切られたかのような奇妙《きみょう》な感覚が目眩《めまい》を呼び、フェリは目を閉じた。

「わたしの戦闘経験と融合《ゆうごう》、インデックスは忘れずに」

「はい」

一人芝居《しばい》をしているかのように同じ声が連続する。

だが、目を開ければもう、そこには誰《だれ》もいなかった。

図書館で若かりしデルボネの姿をして現われたものこそ、彼女に託《たく》された戦闘経験だった。

デルボネのものとして封入《ふうにゅう》されていたからこそ戦闘経験は彼女の姿を取っていた。そして、それをフェリが取り込んだから戦闘経験はフェリの姿に変わった。

目を開けたフェリは、いままでデルボネが座っていた場所に同じように腰《こし》を下ろす。

膝の上にはいつのまにか大きな本が置かれていた。

「さあ、今度はあなたが見せてください」

そう語りかけ、フェリは本を開く。

仕掛《しか》け絵本のように開いたページから映像が飛び出す。

現われたのは自律型移動都市《レギオス》の光景だった。

天を突く、とてつもなく高い塔《とう》を中心にすえた都市の姿だった。

あとがき

というわけで雨木シュウスケです。

PCを新調しました。全体的に強化されましたが主《おも》にグラフィックボードが超強化、これでPCゲームが遠慮なくできるぜー。

あーでもキーボードは別でまた買うかも。ノーパソっぽい薄《うす》いタッチのキーボードに慣《な》れてるからか普通のキーボードだとなんか感触《かんしょく》が変だ。前のは付属品《ふぞくひん》で、たぶん使い回せないっぽかったから新しいのを探す旅に出ないと。

とりあえず「Fallout New Vegas」をやってます。実況動画を見てて、とりあえずこれはやっときたいと思ったので。

その後はどうしよっかなぁ。たぶん「SKYRIM」は買うかも。

『ご報告&お詫《わ》び』

以前に募集した怪談の景品だったSSの登場人物決定権、あれで書いたSSを次巻、「鋼殻のレギオス20」の投げ込みチラシで掲載します。

決定権を獲得《かくとく》していた『たか』さんには連絡を頂いてから発表までにとてつもなく長い時間がたってしまったことを、ここにお詫びします。すいませんでした。

それでは、いつまでも変わらぬ感謝とともに次巻までグッバイ。

雨木シュウスケ

〈初　出〉

ラン・ジェリー・ラン　ドラゴンマガジン2009年3月号
ショウ・ミー・ハート　ドラゴンマガジン2009年5月号
ジーニアス・ゴウ・ロード　ドラゴンマガジン2009年9月号
ザ・ローリング・カーニバル　ドラゴンマガジン2009年11月号
ショウ・ミー・ハート・イィィィイエェェェエッックス！　他すべて書き下ろし

富士見ファンタジア文庫

鋼殻《こうかく》のレギオス19

イニシエーション・ログ

平成23年12月25日　初版発行

著者――雨木《あまぎ》シュウスケ《しゅうすけ》

発行者――山下直久

発行所――富士見書房

〒102-8144

東京都千代田区富士見1-12-14

http://www.fujimishobo.co.jp

電話　営業　03(3238)8702

　　　編集　03(3238)8585

印刷所――旭印刷

製本所――本間製本

ISBN978-4-8291-3708-6 C0193

第24回 後期ファンタジア
大賞専用HPがオープン♪ オンライン選考開始!
http://www.fantasiataisho.com/
大賞専用HPから投稿できる!!
応募の詳細もコチラから!!
後期締切 2012年1月31日 (当日消印有効)
★前期&後期の年2回募集!
★一次選考通過者は、全員に評価表をバック!
★前期と後期で選考委員がチェンジ!
40周年記念! 新部門設立!!
詳しくは公式サイトへ
後期選考委員 ●あざの耕平 ●鏡貴也 ●ファンタジア文庫編集長ほか (敬称略)
大賞 300万円
金賞 50万円
銀賞 30万円 読者賞 20万円
NEXT!! 第25回 前期
2012年8月31日締切 (当日消印有効)
前期選考委員 ●葵せきな ●雨木シュウスケ
●ファンタジア文庫編集長ほか (敬称略)
イラスト/なまにくATK(ニトロプラス)